U0731923

冰心
Bing Xin

儿童图书奖获奖作家作品
ERTONG TUSHU JIANG
HUOJIANG ZUOJIA ZUOPIN

秋罢给话儿

赵文辉◎著

中国书籍出版社
China Book Press

图书在版编目（CIP）数据

秋罢给话儿 / 赵文辉著. ——北京：中国书籍出版社，2013.7
（成长·悦读）
ISBN 978-7-5068-3630-2

Ⅰ.①秋… Ⅱ.①赵… Ⅲ.①小小说—小说集—
中国—当代 Ⅳ.① I247.8

中国版本图书馆 CIP 数据核字（2013）第 158073 号

秋罢给话儿

赵文辉　著

丛书策划	尚东海　武　斌
责任编辑	牛　超
责任印制	孙马飞　张智勇
封面设计	红十月工作室
出版发行	中国书籍出版社
地　　址	北京市丰台区三路居路 97 号（邮编：100073）
电　　话	（010）52257143（总编室）　　　　（010）52257153（发行部）
电子邮箱	chinabp@vip.sina.com
经　　销	全国新华书店
印　　刷	北京一鑫印务有限责任公司
开　　本	710 毫米 ×1000 毫米　　1 /16
字　　数	210 千字
印　　张	11.5
版　　次	2013 年 12 月第 1 版　　2018 年 7 月第 2 次印刷
书　　号	ISBN 978-7-5068-3630-2
定　　价	22.00 元

序

  这是一套冰心儿童图书奖获奖作家的小小说作品集。看到这套书，就不能不先谈谈小小说。

  从上世纪 80 年代中期开始，由于社会生活的变化，快节奏的现代生活，使人们在艺术鉴赏中，越来越注意审美经济原则，即以最少的时间获得最多的收获，因而在阅读上要求精练精短，从而催生了小小说的迅速发展。我国的小小说迅速从"创作现象"发展为"文体现象"，再演变为一种"文化现象"，构成了中国当代文学史上的一道亮丽风景。

  最为打眼的现象，是小小说迅速走进了大学、中学，走进了中考和高考。

  进入新世纪以来，中考、高考语文试卷基本都有"话题作文"，而"话题作文"最接近于小小说。

  2001 年，南京考生蒋昕捷的作文《赤兔之死》，获得高考满分，被选入南昌的《微型小说选刊》后，又被收入《中国微型小说双年选》一书。后来连续几年高考结束后，总有人说某考生的满分作文是抄袭或模仿某作家的哪篇小小说，以致闹得沸沸扬扬。若真要对这一频发现象刨根问底，得出来的结论只能是一个：小小说是学生喜爱、教师推崇、家长关注的一种文体，中学教育需要小小说。

  据不完全统计，近年来，小小说被收入各类试卷与教辅教材的有上千篇之多，本套丛书的作者，均有作品被选入各类试卷与教辅教材，如：郁葱的《特别的生日礼物》（原名《特别的礼物》），被山东、河北、河南、辽宁、黑龙江、江西、云南、甘肃、福建等十几个省市作为中、高考语文考试阅读范文或模拟试题，2013 年，天津滨海新区五所重点中学将该文选入高中毕业班联考语文试卷；亦农的《棋杀》，先后入选武汉市 2008—2009 年度九年级统考试卷，入选成都 2009—2010 年中考试卷、云南师大附中高考月考试卷，等等。

  2009 年，凤凰出版集团旗下的江苏文艺出版社，出版了南京师范大学凌焕新教授主编的《高考金榜作文与微型小说技巧》一书，对高考金榜作文与小小说的关系进行了梳理与考证，认为小小说对提高中学生的作文水平将产生立竿见影的效果。

由此可见，中国读者需要小小说，中国教育特别是中学教育更需要小小说。

然而，自上世纪90年代至今，已出版的小小说作品集，以及收入小小说的教辅资料浩如烟海，仅获"冰心奖"的作品集就不少于80本。其中哪些文学品质高，哪些适合中小学生阅读，应当是需要一套选粹本的。这套丛书就是根据此需要，从冰心儿童图书奖获奖作家的作品中，遴选出的既有较高文学品质，又适于中小学生阅读的精品力作。可以说，这套丛书，是发给中小学生的"特快专递"，是通往语文课堂的"直达快车"。有了这套书，语文老师在选用范文时，就用不着在浩如烟海的教辅资料中沙里淘金、"众里寻他千百度"了；学生看了这套书，在进入中、高考语文考场时，心里就不会"兵荒马乱"了。

中国文学的未来是属于青少年的。我希望这套丛书，能够为青少年一代提供文学的正能量，培育出更多热爱文学、热爱小小说的青少年读者和作者。

是为序。

金波

成长·悦读

Contents

目录

成长·悦读

Contents

目录

成长·悦读

Contents 目录

成长·悦读

Contents

目录

秋罢给话儿

童年。

他穿着红肚兜，留个小"茶壶盖"，骑着一根竹竿，"驾驾"地在院子里转圈。她也穿着红肚兜，跟在后面拽住小竹竿，嘴里"驾驾"喊着赶"马"。又玩"过家家"，从屋里拖出棒槌，还拉出一只枕头，当他们的小孩。她捶衣服，他哄"小孩"，两张脏兮兮的小脸满是认真，极力模仿大人的样子。

少年。

老师布置背诵《天上的街市》。他亮开嗓子，"远远的街灯明了……"同桌的她嫌吵，先用手捂住耳朵，后扯开嗓子念，以吵攻吵。还是她的嗓子亮，压住了他。他命令她默念，她不听，依然摇头晃脑。他恼了，照她后背咚咚就是两拳，她哇一声大哭，跑去告老师了。放学后，他去穿杨叶，筷子一头削尖，另一头系一根麻绳，杨叶穿满了，子弹袋一样背在身上扛回家沤粪。她一蹦一跳跟在后面，也拿了一根筷子，左一声"庆哥"，右一声"庆哥"，挨打的事早忘个一干二净。

十六岁。

他考上了卫校，她考上了县一中。报到的前一天晚上，两人悄悄去村头小路上见面。萤火虫忽明忽暗，她捉了一只，用空笔管装进去，说要带回枕边。其时正值中秋，野虫唧唧，月色烂漫，两颗心被一种淡淡的柔情融化了。他问："啥是恋爱呀？""恋爱就是两个人好吧。""啥是好呀？""好就是跟小姑和小姑父一样。""咋样？"他又问。她害羞了，说："不告诉你。"他揪住她的胳膊，咯吱她，让她说。她咯咯笑着，就是不说，还反过来咯吱他。两人无邪的笑声洒满了那个月色蒙蒙的秋夜。

十九岁。

他卫校毕业分到县医院工作，她考上了一所师范学校。两人去城里看电影，他骑车带着她，回来时天已黑了，她就搂住他的腰。到了村口，两人都磨蹭着不想回家。支好车，她偎着他的肩头不说话，他闻到了一种新鲜的毛茸茸的女孩气息，心怦怦直跳，他鼓了很大勇气，双手捧起她的脸，颤颤地低语："青妹……"她应了，轻轻闭上眼睛仰起嘴唇，然而半天却不见动静。睁开眼，他还在迟疑，她羞得转身跑去，留下轻轻的一句："我娘说，让你秋罢给话儿……"可是，树上的叶子掉光了，地里的庄稼变成粮食入了囤，还是等不来他上门。她背地里一夜一夜地流泪。这一年冬天，她带来一个穿白色运动鞋背画夹的"长发"，告诉家人说是男朋友。"长发"不叫爹也不叫娘，叫"伯父伯母"，老人问她是怎么回事？她说城里都兴这么称呼。他也从医院领来一个"大辫子"，说是他的女友。两家老人齐叹气，说这哪是哪呵。

二十四岁。

她学业非常优秀，却放弃了留校的机会，坚持回县城教书。一次去医院看望一个病人，碰见了穿白大褂的他，两人眼睛同时一亮。他请她去宿舍喝杯水，她没有推辞。宿舍一派狼藉，生了一个煤球炉，做饭的案板上碎菜叶、面粉沾了一堆。他倒了一杯水，她没有喝．问："嫂夫人呢？"他苦笑了一下："我哪有夫人？那年见你谈了朋友，一气之下，就找了一个同事冒充女友。"她听了也苦笑一下："什么男朋友，我们只是一般同学，我心里生你的气，哄家人说是男友。我一直没谈朋友，这几年，心里总觉得有块石头压着。""我也是，心里憋得难受。"两人不再说话，沉默占据了他们的空间。后来，她就起身整理那些书籍，冲洗案板上的菜叶，又把一堆脏衣服按进脸盆里。当她哗哗放满水卷起袖子要洗时，他喊了一声"水凉"，就握住了她一双手，四目相对：

"庆哥！"

"青妹！"

她扑进他怀里，忍了很久很久的委屈，终于随着嘤嘤的哭声释放出来。

篱 笆

女孩每天放学回家，都要抬头望一眼二楼的阳台。

二楼阳台不大，但生机盎然，一盆吊兰从顶棚垂下来，仿佛少女秀发一般飘飘。水泥栅栏上摆满了花草，足有二十几盆，月季、丹顶红、国庆菊、虞美人……该绿的绿了，该红的红了，该笑的笑了，热热闹闹。花草簇拥的阳台上常有捧读的身影，是文静的女主人。也常有古诗佳句从花草间滚落，撞了女孩的梦，那必是男主人在吟诵了。女孩最不能忘记的是那场小雨之后的早晨，"一夜雨声凉到梦，万荷叶上送秋来"，诗句从二楼飘落，女孩倚窗而立，凉意扑面而来，心便如荷花一样绽开了。

男主人是大学讲师，不清高也不迂腐，见了每一位邻居都打招呼。女主人在中学教书，也很热情礼貌，额首浅笑间，邻居的心里就都是春天了。两口子爱干净，楼道一天打扫一次，打扫必洒清水，怕扬灰扰了邻居。不知是男主人还是女主人，用细铁丝把阳台上的花一一固定了，是担心掉落。不细心也发现不了，但是女孩发现了，心里便有阵阵感动涌过。

男主人和女主人每天晚饭后都要出去散步，回来后，屋里就有低低的笑语飘出来。楼上楼下住的大多是工人，他们都很羡慕这对文化人的生活，都想去他们家里看看有什么不一样。机会终于找到了，那天二楼搬新书柜，邻居们一个个跑来帮忙。他们的屋子和邻居们一样，只是干净，只是书多，只是有一种别人家没有的暗香。女孩的母亲也去了，回屋后说：他们家墙上挂了一个好大好大的"横香扇"。女孩知道母亲说的是檀香扇。其实女孩也很想去搬书柜，却缺乏勇气。

她是一个爱害羞的女孩。

之前二楼的主人是一对不太讨人喜欢的夫妇。女的是个泼妇，楼上楼下吵了个遍；男的是个酒鬼，经常半夜醉醺醺回家，把门踢得如雷响。二楼更换了主人之后，楼上楼下一下子清静下来。慢慢地，清静中居然有音乐产生了，是一种和谐得让人心爽的旋律。渐渐地，邻居们评价一件事时，总喜欢说一句：看人家二楼！有夫妻吵嘴的，男的必把自家女人跟二楼女主人比：你连人家的一半都不如！女的必把自家男人跟二楼男主人比：你连人家三分之一都不及。这么一比，都惭愧了，就不再吵了。这一切女孩全看在眼里。二楼的生活如磁石一般吸引着她，让她经常想多望几眼。

一天，女孩放学早，就在阳台下站了好长时间，心有无限眷恋。后来，她的眼中出现一道美丽的篱笆，缠满了各色好看的小花。女孩闭上眼睛又睁开，篱笆没了，她就无声地笑了。正好母亲下班回来，问她：看什么？

女孩回答：篱笆。女孩的母亲没听清，又问。女孩却不答，蹦跳着进屋去了……

不久，市里举办作文比赛，女孩的《篱笆》获一等奖。同学们围住她祝贺，还说星期天要去她家看邻居那道篱笆。女孩笑笑，不说话，忽然想起了一句著名的美国谚语：

好篱笆造就好邻居。

女孩想，是不是可以说：好邻居造就好篱笆呢？

生活中的考试

在广州火车站，一个大约二十多岁的乡下妹子，背着一个用化肥袋改制的行李袋，手提一只破包，目光焦灼地四处张望着，看她脸上挂着的那副焦灼可怜样，就知道她肯定遇上了什么难心事。车站上人来人往，但碰见她目光的人，尤其是那些衣着整洁的旅客，都赶紧躲开。谁知道她会冷不丁提出一个啥要求呢？

"你好……"果然，她开始主动与人搭腔，可是不等她把话说完，人家就赶紧冲她摇头，然后快速走开。她有点失望，却不灰心，继续挨着候车室一个通道一个通道地踱过去，目光依然在旅客们的脸上逡巡，好多人都用报纸挡住脸或头一歪闭上眼装睡。她很奇怪，自己像一个骗子吗？

这时，她踱到了广州至东莞的候车通道。她看见一个学生模样的小伙子离开售票窗口，一边朝长排座椅走去，一边很小心地把车票装进衣兜里，还用手摁了摁。她走了过去，朝他怯怯地问："哎，对不起，帮帮我好吗？"

"你要我帮你什么呢？"他很奇怪，在这个世界上，他一直都是被可怜的对象，可现在，居然有人请他帮忙。

她说："我要去找我的姐妹，可我身上一分钱都没有了。你能给我买张车票吗？"

他听后，脸"腾"地红了，摇摇头，片刻，又点点头，随即从身上摸出一张钞票："我……我只剩下十块钱了，够不够？我刚买过车票，在广州找不到工作，想换个地方。我是中专毕业，文凭太低了。"他很窘迫地揉着那张钞票，倒好像是他在向别人借钱。

"谢谢你的好心。"她很失望地离开了他。

忽然，他好像一下子想起了什么，冲她喊了一声："你准备去哪儿？"乡下妹子回头望了他一眼，说"东莞"。他听了后，从身上摸出刚买的那张车票，稍微犹豫了一下，还是走过去，把车票递到她手里："去找你的姐妹吧，祝你好运！"

她微微笑了一下，接过车票后，问："那你怎么办？"他想了想，说："就这十块钱，坐到哪儿是哪儿，我就在到站的地方下车找工作，没准儿还能找到一份意想不到的好工作呢！"

十块钱只买了两站路，很快就到了。车停下来后，他下了车。走出车站，望着人流如织、车辆穿梭的广场，他茫然不觉身在何处，又该往何处去。正惆怅间，他隐隐觉得身后站着一个人，一回头，竟是她！

她冲他粲然一笑，问："后悔了？"

他摇摇头。

她招手叫来一辆出租车，打开车门，冲他做出请的姿势。

他惊讶地望着她。

他真的得到了一份好工作，一份意想不到的好工作，因为她是一家玩具公司老板的女儿。她在广州车站的举动其实是一次化装招聘，目的是想替父亲寻找一些在商业社会中未被污染的人，来充实公司的中层管理队伍。

一张车票，改变了一个中专生的人生。很多人都认为这纯属偶然。其实，这种偶然中绝对蕴藏着必然。不是有那么多人都在这场考试中败下阵来吗？生活处处是考场，只有那些心中有"黄金"的人才能拿到高分！

苦水玫瑰

吹雪大学毕业后，作为青年志愿者去了大西北一个叫苦水的小镇支教。

一听这个名字，便可以想象那里的生活。苦水虽贫，却是一个充满诗意的地方。它盛产玫瑰，一到花季，空气中到处飘溢着浓郁的香味，从早到晚，梦里也拒绝不掉。由于当地特殊的地理环境和红黏土质，苦水玫瑰香型独特、纯正，含油量特高。

当地提炼玫瑰油的高手，也就数扬花了。

扬花是民办教师，和吹雪教碰头班。吹雪亲眼见过她用土法提炼玫瑰油，竟是用木笼蒸炼而出，要三蒸三晒。玫瑰油能当香水，扬花送一瓶给吹雪，吹雪用后，便把随身带着的香水全扔了，说是假货。夏天的时候，玫瑰油还能驱蚊止痒。吹雪缠着扬花教她蒸炼，说"授人以鱼，不如授人以渔"。扬花笑着答应了。

其实扬花的日子很难，丈夫几年前出意外，瘫了，还有一个女儿和婆婆。上完课，就得忙家务，收种庄稼也是她的事。吹雪在苦水呆了两年，没见扬花添过一件衣裳。吹雪就把自己几身衣裳给扬花，扬花不收。吹雪说："都是旧衣裳，我真的穿不着了。"扬花最后收下，笑着说："我成讨饭的了。"吹雪说："你家改善伙食，回回叫我，我才是讨饭的呢。"

扬花家里欠着债，一分钱总想掰成两半花。可她也有不心疼钱的时候。一回，一个叫魏娟的学生因交不起学费，家长让她退学。扬花去做了几回工作，眼见魏娟的家长借也借不来学费。魏娟又泪水涟涟，扑通一下跪在扬花眼前："老师，俺知道您的好心啦……"扬花转过脸，泪水也下来了。回去后就找校长，给学校打了个欠条，让魏娟又回到了学校。那张欠条，冲了她半个月工资。

扬花的丈夫爱喝酒，瘫了以后，这个爱好就取消了。逢年过节，家里才买瓶酒，解解馋。平时呢，闻见酒味，他就一副馋猫的样子。有一回，邻居家的啤酒放得时间长了，要扔，他见了，立马要过来，说多可惜。中午时候，他找螺丝刀撬开一瓶，咕咚咕咚几口就见了底，接着又要开第二瓶。扬花看见啤酒颜色都变了，一股不正常的酸味，知道是变质了，她不让丈夫喝，丈夫却执意要撬开。两人争来夺去，螺丝刀扑一下把丈夫的手划了一个口子。扬花心里说不出的难受，捧住丈夫的手，泪水吧嗒吧嗒地掉。这一幕，恰被进屋的吹雪见到了。

两年很快过去了，这批志愿者要返回了。离开苦水的那天，吹雪跑供销社买了一箱"苦水大曲"，送给扬花丈夫。扬花送了吹雪两瓶纯度很高的玫瑰油，说带给你那一位吧，玫瑰象征爱情。说"爱情"二字的时候，吹雪发现扬花的眼睛里有什么东西一闪，她猛然想起扬花其实比自己大不了几岁，可生活的担子，早把她压出了一副老相。

吹雪回到内地。一下火车，那个等了她两年的"傻小子"正张着双臂冲她微笑，她燕子一样扑了过去。恋人端详她的脸，问："是不是成天啃咸菜萝卜，舍不得吃舍不得喝？"接着又责怪她，"结婚费用我已准备好了，还用你操心？"恋人的话使吹雪有些丈二和尚摸不着头脑，她问："怎么回事呀？"恋人告诉她："苦水那边打来一个电话，说你的一万块钱几天就汇过来了，我猜肯定是你省吃俭用攒下的。"吹雪更是纳闷。

几天后，果真一张汇款单从苦水飞来，还有扬花的一封信。扬花在信里写道：谢谢你送给我们的"苦水大曲"，真幸运，第一瓶就喝出了大奖，真是好心有好报。我去兑奖后，按你留下的你恋人的地址汇了过去，注意查收。扬花还写道："吹雪，来年花开时，我再给你蒸两瓶玫瑰油，我知道你喜欢。"

吹雪手捧书信，望着苦水的方向，分明闻到了千里之外的玫瑰花香，喃喃道："扬花，你就是一株苦水玫瑰呀……"

清白如水

　　自古山西多清官，寇准、刘墉、于成龙……给后人留下几多美谈。却说清朝雍正年间，平遥县出一举人，姓张名菊人，后钦点到河南辉州任知县。在任期间，清正如水，俸禄尽皆周济穷人和学子。妻儿在山西种地，秋麦两季，都要托盐贩把磨好的麦谷捎到辉州来，张菊人不食辉州粮，只饮辉州几瓢水，人称张白水。

　　雍正八年，张菊人任满，朝廷升他到广西任知府。张菊人年事已高，恋家之心顿生，未去赴任。卸任后的张菊人两手空空，连回家的路费也没攒着。县里几个大户听说后给他凑了三百两银子，恭恭敬敬送来。张菊人连连摆手，说："民财岂可贪！"说了半天，就是不收。一大户急了，兜着银子到一口井边，对张菊人说："老爷再推辞，我把银子全倒井里去！"张菊人吃了一惊，叹口气，权且收下。可是才隔一天，就悉数送给了县里几个大儒，儒子们早就想为全县学子建一所书院，资金一直凑不够。这下好了，"百泉书院"终于破土动工，圆了一代学子之梦。

　　张菊人却到东关一油坊做起了短工。九九八十一天之后，才挣够了回家的盘缠。张菊人用皂角把一袭青衫捶洗又捶洗，青衫穿得太久了，起了皱角，油坊的女主人帮他浆洗了一遍，挺括了许多。张菊人没有别的行囊，只几本书相伴，收拾进褡裢里，准备明日启程。青灯之下，张菊人戴着老花镜，一针一线，把开缝的青衫缝了几处。噗地一口吹灭灯，和衣而卧。过陵川，走长治，要翻不少山哩。张菊人心里说。

　　次日一大早，张菊人悄悄起床，穿上浆洗过的青衫，背上褡裢，手拄油坊的主人送他的桃木棍。主人说桃木棍一可以避邪，二可以拄着走山路。张菊人轻轻推开大门，出来又回身把大门掩上。当他转过身，一抬头，却愣在那里：台阶上，石墩上，长长的街道上，坐满了人，站满了人。都是城里城外的百姓，听说他要走，天不明就来了，怕打扰他，一个个都缄了口不出声。露水打湿了缩带，风吹歪了瓜皮帽，这时，一声声、一声声深情地唤："老爷——老爷！"

张菊人眼眶霎时潮湿了。他走下台阶，一个个搀扶，一个个执手，口里埋怨："走就走了，还送个啥？"一个白发老者走上来，向张菊人揖礼，然后端上一杯酒："请老爷饮了这杯辞别酒！"张菊人这才看到，街上摆满了筵席，一眼望不到边。张菊人问："这队伍有多长？"老者答："一直到城东五里之外的五龙庙。"又问："这筵席有几桌？"老者再答："人有多长，席有多长。"张菊人立时恼了，将桃木棍扔在地上："毁我一生清白也！"说罢转身进了大院。老者与众人面面相觑，更不敢去烦张菊人。

许久不见张菊人出来，老者率先推门而入，却见张菊人悬于皂角树下，气已绝。老者扑通一声跪下，身后之人一个个都跪下来，膝盖跪击青石板的脆响声一直传到五龙庙。头一声哭声之后，一片呜咽。

老者痛悔：千不该，万不该，摆酒席，搞浪费，坏了张老爷一世之名呀！

张菊人灵柩要运往山西。走的那天，十里无空巷，人人皆穿白，祭奠张菊人的竟是一杯杯素酒：清清白白又略带甘甜的百泉水！若早献一杯素酒，张老爷也不会……悔之晚矣。

老者哭，少年哭，学子哭，农人哭……白日哭过，梦里又见张菊人，不知多少百姓在夜里湿了枕巾。不少人哭肿了双眼，半月不下。过往客商以为辉州流传红眼病，传到朝廷，朝廷派太医下来巡诊，才知道了事情的真相。朝野上下为之震动，皇上亲赐御碑一块，上书四个大字：

清白如水。

滑县乞客

不装门的院子才算真正的庄户人家。没有拒绝和设防，乞客可以一步跨入，径直走到风门外站定，敲响手里的呱嗒板：

呱嗒嗒，呱嗒嗒，老大爷，寻个馍。给我黑馍我不要，给我白馍笑哈哈，笑——哈——哈！

成了，嘴这么甜，一天要半篮子馍没问题了。

也有较恶的乞客，不满施舍者的居高临下，生着法戏弄人家一下。人家给了东西，随便问一声哪儿来的？表面毕恭毕敬，心里却在冷笑，答：

"滑县的大爷。"

这句话，断开是尊称，不断便是让你唤他大爷了。

滑县多盐碱地，粮食收成薄，水淹的时候又多，口粮总不够吃。立了冬，一拨一拨的乞客开过来，在新乡辉县一带挨门讨要。这一带民风淳朴，狗都不咬人，乞客连棍子也不用带，任何一家，都可以长驱直入。只是不要碰上比乞客还穷的人家。

真有，王村赵麦根便是一家。四个儿子，大驴二驴三驴四驴，一个个跟驴一样能吃：一锅馍蒸好了往外揭，揭完最后一个，一回头，揭出来的馍竟全没了；从菜园摘回一篮子黄瓜，准备拌饭吃，不到饭时候，驴们便咔嚓咔嚓消灭个精光，只好吃淡饭。几个儿子吃得赵麦根两口心惊肉跳。肚子都填不满，更别说穿了。四驴过冬没棉裤，就干脆钻被窝里不出门。穷归穷，赵麦根却是个乐观人，对未来充满了幸福的憧憬：掀三间，盖五间，南屋房后泥黑板。翻盖房子不说，还要把合作社的黑板泥到自己房后。几个儿子一齐笑他：吹牛不脸红。

那一年过年没钱买炮，大小驴一齐噘嘴，扬言不放炮大年初一就不起来磕头！急坏了赵麦根，眼睛猛然一亮，庄严宣布：大年初一保证有炮放，万支鞭！大年三十，风卷雪卷了一夜，一大早，赵麦根就在院里喊几个儿子出来拾炮。大驴二驴三驴兴冲冲穿衣，四驴没棉裤急得在被窝里嗷嗷叫。院里噼里啪啦响起了炮声，隔一会儿还咚一声炸个大雷炮。几个儿子扑出来，却又全晾在了门口。地上连片炮纸都没有，赵麦根抡圆了牲口鞭子朝树上抽，嘴里噼里啪啦喊着，他媳妇在一边敲锅排。几个儿子被耍了，气得要把赵麦根的牲口鞭子剁成碎段。

他们决定去别人家拾炮。一出门，二驴就让绊倒了："这儿躺个人！"三驴也叫："还有一个！"原来是两个乞客，一老一少，母女二人，已经冻昏了。赵麦根从屋里跳出来，把母女二人往屋里抬。又往被窝塞，四驴对炮事耿耿于怀，不腾窝。赵麦根说，你滚一边吧，拎起赤条条的四驴，扔猴子一样扔到了地上。一家人都是菩萨心肠，装热水瓶，熬姜汤，拿出半瓶烧酒给母女俩搓身子，忙得一个个头上冒热气。

乞客醒来，为了报恩，当场将闺女翠玲认给了赵麦根。在赵麦根家住了一整月，临走，翠玲娘说："知道了你家的底细，有一句话我才敢说。"她要把翠玲许给大驴当媳妇。天上掉下个大锅盔！喜得赵麦根双手直颤抖。送走她们，赵麦根又开始吹牛："我说了吧，咱们谁也打不了光棍。敲敲'猪不灿'，大闺女来一院！是不是？"

大驴二十岁那年冬天，从地里出了萝卜，一家人正忙活腌萝卜。一个本家跑得上气不接下气，告诉他们：大驴媳妇来了，在马路口等接呢。一家人听了，半天回不过神来，大驴手中的菜刀当啷一声掉落在地。赵麦根醒悟过来，赶紧跑去给大驴借自行车，又转过头去买鞭炮。四驴嗖嗖爬上树梢，把一挂鞭炮挂上去，又嗖嗖嗖滑下来，和一帮小孩准备闹洞房。这一年，花骨朵似的翠玲做了大驴的媳妇。

大驴娶了翠玲，就像老母鸡下蛋放了引蛋，二驴三驴也都娶上了媳妇。赵麦根两口儿从心底感激翠玲母女，逢人就夸："滑县乞客，说个绿豆就是绿豆！"

卖　牛

　　五更里，小顺起来去西屋给牛添料，一出门，感到有什么东西湿湿地打在脸上，伸手一接，是雪！小顺心里一阵欣喜：明儿不用去集上了。再回屋，小顺心里像卸了一块石头一样扯起了呼噜，还做了一个梦——大雪把门都封住了。

　　天亮后，娘叫小顺起床，小顺翻一个身，说："下雪了，去不成了。"娘说："你这个懒货，睁眼瞧瞧，哪里有雪？"小顺一骨碌爬起来，来到院子里，嘿，昨夜那雪，才湿了湿地皮。

　　喝过粥，娘催小顺上集，小顺磨蹭着不想去。娘眼里噙了泪，说："你爹去得早，娘没本事，让你跟着受罪。再不给你娶一房媳妇，娘哪有脸去见你爹？"小顺不敢惹娘生气，赶紧牵了牛往外走。

　　往日里，小顺家的牛很听话，叫往东，不往西。今儿却一个劲儿扯缰绳，不想出门。到了路上，小顺一回头，吃了一惊：牛竟在流着泪跟他走。小顺的泪也扑簌簌掉下来。泪眼蒙眬中，小顺仿佛又看见娘一手提肉一手提米往媒人家跑的情景，媒人在邻乡给小顺说了一家闺女，谁知没见面，人家就要三千块钱做彩礼，闺女她爹说："这钱我家一分不花，到时候全陪送闺女。要是三千块都拿不出来，我的闺女不是跳进穷坑了？"原来人家是想探探小顺的家底哩。小顺娘凑了又凑，还是不够，最后盯上了这头牛。

　　到了集上，小顺把牛牵到牲口市。一股刺鼻的马尿味扑面而来，一个戴红袖箍的管理员手握一沓票据站在小顺面前，要收两块钱管理费。小顺兜里没装钱，说卖了牛再交。管理员不依，说你一会儿跑了咋办？正说着，一个老汉凑过来相牛，那理直气壮的样子一看就是个买主。管理员见有希望，也就不吭声了。

老汉摸摸又软又顺、金黄金黄的牛毛，又掰开牛嘴看了看牙口，再退后几步端详了足足十几分钟，最后一拍大腿，说要和小顺谈价钱。

经纪人闻讯赶到，问老汉："只看呢？还是真买？"老汉一拍鼓囊囊的衣兜，气很壮："哪个闲了愿闻这马尿味！"于是经纪人先拉了老汉的手，伸进自己的大布衫下"咬牙印"，咬罢，又拉了小顺的手。几番下来，价格就谈妥了。一手交钱，一手交货，经纪人也抽了几个交易费。

老汉牵着牛快走出牲口市了，小顺忽然想起什么撵了上来。老汉问他："想不算数？"小顺摇摇头，告诉老汉："我的牛一个月前得过烂蹄病，我用草木灰和硫磺治好了。"老汉愣在那里。小顺又说："你要嫌亏，我退些钱给你。你要不买，也中。"

老汉听了，就把缰绳交给小顺，小顺又把钱给了老汉。还差几个钱不够，刚才给经纪人了。小顺说："我今儿没装钱，先给你打个欠条，改日给你送去。"说罢，找来纸和笔，给老汉打了一个欠条。又问了老汉家住哪里，姓啥叫啥，一一记下。最后关照老汉："放心吧，我一定送去。"老汉点点头，说："我相信你。"

没卖成牛，小顺反倒比卖了牛还高兴。回到家，娘的脸却愁得像要下雨了。娘说："我再去亲戚家借借。"小顺心里很不好受。不过，他还紧惦着老汉的事。隔了一天，正好一个本家哥去那老汉的村里办事，小顺就让他把钱给老汉捎去了。

又隔了一天，媒人流星般跑来，一进门就拽住小顺娘的手，高兴地说："大婶呀，你行了哪辈子好？女家不要彩礼了！人家闺女他爹还说和小顺打过交道，这样的女婿，倒贴钱也得把闺女嫁过去！"

小顺娘不相信，一个劲儿地掐自己的手背说："不是做梦吧？"

媒人转身对小顺说："快给你娘说说那经过！"

一旁愣着的小顺，忽然明白是怎么回事了。

柳暗花明

菊英下岗之后一直为生计苦恼着。

没技术，托不到关系，她硬是找不到一份活儿干。在化肥厂上班的丈夫一月才200元工资，养活一家人着实不易。家里一年到头改善不了几顿，偶尔吃一回肉还是猪血脖；洗头没舍得买过洗发膏，用的是洗衣粉；菊英最害怕带儿子经过商场商店，六岁的儿子看见玩具就坠在她腰上不走了，带儿子出来她总是像躲雷区一样绕过那些商场商店。为了这个家，菊英到菜场拾过烂菜帮，到麦地挖过野菜，还到药交会上捡过代表们扔下的空饮料筒。可是不管日子再苦，菊英没说过苦；日子再穷，菊英没做过一回对不住良心的事。

去年秋天，菊英终于找到活儿了。县供销社建了一个城北市场，专门安排下岗职工。菊英东挪西借了2000元租了一个菜摊，经营新鲜蔬菜。开业头几天，市场又是广播又是电视，还在县报上了专版，引来不少人，着实热闹起来。谁知菜摊太多，只门口几个买卖好，顾客都懒得朝里走，里面的生意淡极了。菊英的菜摊在里面，号是丈夫抓的，见生意不好，丈夫一个劲儿骂自己手臭，说不如剁了的好。菊英笑笑说：我就不信一直这么淡。又过几日，左右几个摊子生意不行，都收摊到家属区做起了流动菜贩。菊英一天只是卖个十块二十块，加上烂菜，根本不赚钱。和丈夫一商量，也准备收摊不干了。菊英想好了，干脆去蹬三轮赚个力气钱。

收摊这天，菊英低价处理蔬菜，到下午，菜就不剩多少了。这时，来了一个中年男人，要买西红柿，问啥价钱？菊英说：反正是最后一天了，赔钱卖吧，八毛一斤，人家摊上都卖一块五呢。中年男人买了五斤。称好，付过钱，中年男人对菊英说：西红柿先在你这儿放一会儿，我去里边再买点东西。菊英点点头。谁知一直到收摊，那人也没来。菊英等到只剩下她和管理员，心说这人准是忘了，才拎起五斤西红柿回家。

回家说给丈夫，丈夫说：反正咱也不干了，他丢下就白丢下吧。菊英头一扬，说：那咋行？我明天去市场看看，瞧他来不来？第二天，菊英果真拎了那五斤西红柿去市场，一直等到天黑，中年男人也没来。

第三天，菊英不顾丈夫劝，又去了市场。还是没见那中年男人，可是西红柿却有个别发烂了。丈夫斥她是个呆子，说：你想想自家的日子吧。菊英不吭声，眼里噙满了泪。天快亮时醒来，菊英对丈夫说：人家给了钱没得到东西，我心里不踏实。丈夫骂她神经病，说：人家买菜的早忘了，五斤西红柿值几个钱？菊英说：东西多少，咱咋也不能昧着。吃过早饭，就又去了市场。

等了大半天，终于看见那中年男人大包小包地在市场里转。菊英冲他喊："喂——"中年男人听到喊声走过来，冲她笑：那天我忘了拿西红柿了。菊英也冲他笑：这不，一直给你存着哩。中年男人连说谢谢，拎起西红柿一闻，又放下了，说：都烂了，扔了算了。菊英赶紧打开袋子，可不是，三分之一都烂了。菊英的手下意识地伸进口袋里，立即触到家里唯一的一张票子，她心里不由一紧，那是全家一个星期的伙食费呵。犹豫片刻，她对中年男人说：你等等。然后拎起袋子跑向门口的菜摊，买了一些好西红柿换上，转回来递给中年男人。中年男人不知说啥好，提起西红柿却没急着走，瞅着菊英的空摊，他猛然发现了什么，问：你不干几天了？

三天。

每天都来？

菊英点点头。

来还我这几斤西红柿？

菊英又点点头。中年男人感动了，再问：买卖真的顾不住？菊英告诉他：一天才卖十几块，再烂点菜，本都赔了。说罢冲那男人告辞。中年男人想说谢谢，却没说出口，见菊英快走远了，忽然大喊了句：大妹子，你等等——。菊英回过头。中年男人追上来，对菊英说：你明天重新摆摊吧，我来买你的菜。

菊英苦笑了一下说：谢谢你的好意，光你买几斤菜也解决不了问题。中年男人赶紧问：你一天卖多少钱，菜才能顾住？菊英算了一下，回答：咋说也得卖个二百多块，百分之二十的利润，赚个三四十，交交管理费，折折烂菜，才能顾住生活。中年男人说：中，我一天买你五百块的菜，咋样？菊英一愣，见中年男人认真的样子，不像是开玩笑，就纳闷了。中年男人怕她不相信，从身上找出笔和纸，刷刷开了一个菜单，又掏出 500 块钱，一齐塞给菊英，说：这下你该相信了吧？菊英捧着钱，不知所措地望着中年男人。中年男人给她解释，说咱县建了个大铝厂，你听说没？三千多人吃饭，我是食堂的司务长，以后食堂的菜全买你的……菊英明白了，眼泪一下子淌出来，说：我遇见好人了。

中年男人是个心软的人，见不得菊英落泪，就转过身，心说：我才是遇见好人了。

菊英按捺不住自己的喜悦，回家告诉丈夫，丈夫非常惊喜，问：咱不是做梦吧？菊英把 500 元钱拿出来，说：他是铝厂司务长，菜钱都先给了。丈夫一声轻叹：咱真是遇见好人了。这时，家里那台黑白电视正播放点歌节目，头戴耳麦的李娜刚好唱道："……咫尺天涯皆有缘……好人一生平安"。

菊英听着歌，泪水一下子模糊了双眼。

信 心

　　有时候，一个男人是很容易被击倒的，不难想象，将倒未倒的男人是多么脆弱和易伤。我现在就是这样。尽管妻子说："不要紧，我来养活你们！"听听，一个大老爷们儿，却让老婆养着，多丢人！可是我不得不面对现实，没有工作挣不来钱，又不屑去打零工。尽管那个送《大河报》的小姑娘一再发动我，她才二十岁，已经是一个领导三十名职工的发行站站长了。我没有答应她，因为我害怕熟人见了嘲笑我：一个国营厂矿的技术员，楼上楼下去送报？

　　日子越来越紧，"彩蝶"烟已经吸不起了，只好吸几毛钱一盒的"百泉"，不好意思在胡同口那个商店买，让儿子跑到老远的建民胡同。人一穷就怕被人看不起。这不，连那个走街串巷卖鸡蛋的小贩也小瞧我，追着我喊：好鸡蛋两块四毛一斤，破蛋两块钱一斤，买不买？他也觉得我吃不起好鸡蛋……要不是他来这儿卖鸡蛋有几个年头了，又是楼下大周老家的，我真敢把他的鸡蛋篓踹了。凭什么小瞧我？你不就是一个卖鸡蛋的吗？你爹娘死后留给你一屁股债，你卖了四年鸡蛋才还上，你脚上穿的拖鞋还是你老婆的，白天你穿，晚上她穿，你还有一个哑巴儿子——大周都跟我们说过了，当我不知道？人倒霉了，喝口凉水都塞牙，这话一点不假，我讨厌这个家伙。

　　那天，这个家伙又来了，吆喝声吵得我无法午休。我听见他在楼下高声说话：

　　要几斤？

　　三斤？要十块钱吧？

　　好，你慢走。

……

他唠叨个不休，我腾一下火了，到阳台去斥他，却一下子愣住了——他是一个人自言自语。想一想也是，大中午的都在睡觉，谁会买鸡蛋？瞧见我，他笑嘻嘻地解释：一个人闲得慌，闹个笑话开心。就他过那日子，哑巴儿子，跟老婆合穿一双拖鞋，每天顶风沐雨，还有心情闹笑话？然而又一想，要是他和我现在一样，啥也不干，日子不是没法过了吗？这时楼下的他仍在笑，我突然发现他的笑是那样地坚韧！我这才明白：他每天驮的不只是两篓鸡蛋，是他一家的希望啊。我悄悄退出了阳台。

后来，我加入那个小姑娘的送报行列，居然胜任愉快。我知道是什么影响了我，对于一个失业者，唯一不能失去的，也就是信心了。

发　表

　　他一直渴望发表，却一直没有发表。

　　他写的草稿已经装满了家里所有抽屉，妻子劝他："别钻这根牛筋了。"他摇摇头，双目灼灼地望着妻子说："写作是马拉松长跑赛，三十年一个回程，大器晚成的人不是没有……"每天晚上九点至零点，他一个人端坐桌前，守一片枯黄的灯光，等待灵感惠顾。只字不落的深夜，他很苦恼，不止一次用手撕扯自己的长发，用头撞击墙壁，借以启发灵感，他写得极苦，极苦。

　　不幸的是，他病倒了。到医院检查，妻子捏着化验单躲他，他坚持要看，妻子还是不让，最后妻子抱住他泪如滂沱。他根本不相信医生的诊断，擂着壮实的胸脯对妻子喊：我没问题，我怎么会有问题？

　　铁疙瘩一样结实的他转眼间让病魔折磨得竟如晚秋一片黄叶，仿佛一不注意就会从大地上消失似的，而他仍然要坚持九点至零点的写作。他忍着病痛，支撑着打摆的身子，笔常常从手里滑落。泪在妻子心里流。妻子不止一遍抚摸他瘦削的脸，心都碎了：为啥我不能替你，为啥我不能替你……

　　病情一天比一天重，他还是不忍放弃过去的阅读，病床上堆满了书籍和期刊。一次，妻子去给他买书，当她从售书姑娘手里接过那本杂志时，她蓦然想起丈夫每每买到这种杂志时都要念叨一句话："要是哪一天能在这本小小说权威杂志上发表……"她心里不由一亮。她急匆匆赶回家，找出一篇丈夫曾经很满意的旧稿，又急匆匆地去找一位在印刷车间工作的女友。

　　她噙着泪告诉了女友她的想法。

当丈夫读到自己的铅字时，一双浑浊无力的眼睛瞬间明亮起来，仿佛一盏快要熄灭的灯重新添足了油。他居然下了床，居然打飘一样在地上走了一圈。他攥住妻子的手，无法掩饰自己的惊喜和激动："是怎么回事？是怎么回事？"妻子愣着，他又问："快告诉我，是不是你悄悄替我寄去的，我一直没有勇气给他们投稿啊！"他捧着自己心爱的文字，读过一遍又读一遍，完全沉浸在一种意料不及的喜悦中。后来极度疲乏地睡着了，眼角挂着一滴清泪，嘴角挂着一抹微笑。

已被医生确诊过不去春天的他，居然奇迹般地伴着那本杂志到了冬天。一场弥天大雪飘落之后，寒气开始逼向每个角落。他知道自己真的不行了，一次次攥住妻子的手嘱咐："啥也不用给我准备，我只要它伴我——"那本杂志静静躺在枕边，他每一天都要看几遍，已经翻卷了书页。

他很满足地去了，真的很满足。

妻子为他焚烧了那本杂志。

群众文化

初中同学文玉来宣传部找我，一见面就拽住我的手说："小辉呀，我真发愁死了！"见他双眉紧锁，一脸愁容，我猜他八成是喷了假农药庄稼要绝收，要不就是媳妇让人拐跑了。一问，却是另一回事。"咱村的群众文化搞不出成绩，年底写总结，我没啥写呀！"我这才想起文玉也是一个村官，村十字路口黑板上写有他的职务：支委，分管群众文化。他今天是为这事来找我讨主意的，他说："你在县委搞宣传，我在下边抓群众文化，都是精神文明建设一根线上的，你有经验，可得指导指导我！"文玉话刚落，我的同事石小芳就憋不住笑出了声。

我给他泡了一杯茶，劝他别着急。我问："你是真想弄出成绩，还是为应付一个总结？要是一个总结，我给你写几页就能对付过去。"文玉回答说想弄出点真东西，还讲了实情：村委会主任年龄大了，想让他接班，现在群众眼睛雪亮，没点真本事，谁服你？我说："那你就把村里的基本情况说说，兴许我能给你提点建议。"文玉一听挺来劲儿，说："那我就汇报汇报咱村的群众文化工作。"瞧他一脸认真样，几个同事感了兴趣，都围过来听他讲。文玉又紧张了，说话还有点磕巴："咱村总人口 2045 人，党团员 218 人，文艺队伍不下一百五十人。有八叔领的舞龙队，就是那龙架破得露骨了，蜘蛛也丢了，过年过节就用学校的篮球代替；有三婶领的秧歌队，一堆老头老婆，初一十五都去小庙烧香，烧完香，念完经，就正式训练，一个比一个有劲儿；有小翠的舞蹈队，全是大闺女，平时在城里打工，过年回家就是一支现成的舞蹈队；还有会唱豫剧的关大炮和会写文章的白剑平，也算文艺骨干，那年你三叔家丢猪让人送回来就是白剑平写的表扬稿，县广播站播了……"

我打断他："照你这么说，过年过节一组织，不是一场很热闹的演出吗？再让白剑平编几句反映当代农村生活的顺口溜，说不定能和赵本山的小品比赛呢！"文玉连连摇头，说："你不知道，咱人才不缺，关键是缺钱呀！龙身要扎新的，秧歌队的老头老婆要求戴墨镜，舞蹈队不得一套乐器？都跟钱说话呢。"我说："我们宣传部也是清水衙门，这可帮不上你的忙了。"文玉这次来本指望我能给他找个单位赞助赞助，一听泄了气："一分钱难倒英雄汉哪！"我和几个同事都被他的精神感染，中午就拿科里卖废报纸的钱请他吃了一顿新疆大盘鸡。

文玉回去后没几天又来找我，一进门满脸笑："办法有了！办法有了！"

原来是村里的个体户福堂愿意赞助几千块钱，条件是由文玉出面请宣传部几个秀才为他新建的大酒店起个好名，宣传宣传。我说这没问题，就带几个笔杆子回了一趟老家，给福堂建的那个集桑拿、美容、饮食于一体的大酒店起了一个很醉人的名字：风飘飘歌舞娱乐大世界。福堂高兴得拢不住嘴，招待了一桌，还一人送了我们一条太空被。

谁知没过几天，文玉又来了一趟宣传部，要我们把太空被退回去。文玉说福堂那货干的是见不得人的事。我们问："怎么了？"文玉告诉我们："他的大酒店招了几个女的，陪客人喝酒不说，还给男人搓背，一次100元钱，村里老少都戳他脊梁骨哩。他赞助那钱我也不要了，脏！我去抠他的牌，他说不能白搭进几条太空被。我来找你们讨太空被，回去就把他的招牌抠下来。"石小芳惊呼："我的已经用了！"文玉说："我替你买个新的退给他。"我的几个同事都很感动，说："哪能让你买，我们买。"

太空被凑齐，文玉要走，大家不让，坚决留他吃饭。一个同事说："还吃大盘鸡，再弄点辣水喝喝。"

小 叔

　　小叔倔，用花婶的话说，"倔得像头驴"。小叔爱认个直理儿，一辈子没做过亏心事。

　　小叔会孵小鸡手艺，前几年家里开着作坊。见年春天，三乡五里的大娘大婶都扛着鸡蛋来换鸡崽。小叔蹲在躺椅上，手里捏一只泥壶，一边呷茶，一边告诉她们捉回去先饮水，小米泡软了再喂。其实她们也知道怎么喂，偏偏还要问问，好像只有听了小叔的嘱咐鸡崽才肯长大似的。小叔家境因此很滋润。他就对正上高中的扎根哥说：等你毕业了，给你买辆摩托。高兴得扎根哥只想马上毕业。

　　后来，村里孵小鸡的作坊一年年多起来，生意渐渐不好做了。扎根哥毕业这年，一算账，还赔了钱。小叔叹口气，说：这生意没法做啦。扎根哥毕竟念过书，脑筋转弯快，出主意说：旱鸭好养，下蛋还多，咱干脆孵小鸭吧。小叔同意试试。扎根哥说干就干，跑到郑州，弄来一批康贝尔鸭种蛋。

　　小鸭孵出来，果然好卖。小叔脸上立马见了红光，又开始捏着他的泥壶，给人家讲鸭的喂法了。母鸭崽两块钱一只，公鸭崽两毛钱都没人要。小叔正愁着，衬里一个叫黑山的"生意精"找上门来，说他全包了，一毛五一只。小叔很乐意把孵出来的公鸭崽给了黑山。黑山每次来，小叔都问他：卖到哪村了？多少钱一只？赚钱了没有？黑山低着头数鸭，绕开小叔的问话，说：不挣钱，不挣钱，跑一天才顾住饭钱。又说上次损了几只几只，要小叔给他补上。

　　直到有一天西村的五保户黄老太找上门来，一屁股坐在当院，握住脚脖蹦八撩九哭起来，小叔才知道了是怎么回事。原来黑山在外面做的是黑心买卖。他把公鸭崽的生殖器一个个全剪掉，当母鸭崽卖。卖前还给鸭崽灌石灰水，灌过石灰水的鸭崽养不了几天就会死掉。卖鸭的时候，黑山打的是小叔的名号。

小叔急得直转圈，嘴里一个劲儿说：这不是坑人吗？这不是全怨咱吗？……他把黄老太的买鸭钱还给她，又让花婶从枕头底下取出一沓钱，就揣上钱，黑乎乎着脸骑上自行车出去了。

一直到天黑，都不见小叔回来。花婶慌了，打发扎根哥去寻。找了几个村，都说白天来过，退过鸭钱就走了。最后，扎根哥在一道土沟里找见了昏迷不醒的小叔。天黑路窄，心里又急，小叔不小心跌进了土沟，车把正戳住胸口……抬回家，小叔就病倒了。这一病再没能起来。

小叔去了。三乡五里的大娘大婶们再提起小叔，都说：恁好一个人，恁好一个人……

沿村小米

　　豫北乡下走一走，要不就是黄土丘，要不就是尖山洼，平原总是被村庄阻隔，辽阔不起来。黄土丘蹚过，除了绕脚的灰土和地头几棵狗尾巴花，再没有什么让你注目的地方。"呸，亏你还是吃小米饭长大的！沿村百羊川知道不知道？长贡米的，皇帝，皇帝老儿吃的！"弓身如虾、眼角挂着眵目糊的老人很不满，把轻视豫北乡下的后生训得一溜跟头：

　　"大碾萝卜香菜葱，沿村小米进北京！知道不知道？"

　　百羊川坐落在沿村屁股后面的山坡上，别以为真能容得百只羊撒欢，豫北不好找策马扬鞭的场地，更别说在山上。百羊川才一亩几分地，居然平平坦坦，就像山水画上摁下一枚印章。这可是块好印章：沿村的坡地靠天收，没有机井，山又是个旱山，一秋不下雨，坡上还真的收不了几把米。唯有百羊川旱涝保收，越旱小米还越香！老辈人迷信说，百羊川是神田，其实是这块田占对了山脉，下面一定是一根水脉。因水质特别，加上土是黑红黑红的胶土，长出的谷穗又肥又实，碾出的小米喷香喷香，黏度好，熬出的粥不"利"，不用勾面汁就糊叨叨的。明朝年间，潞王落魄于此，一尝便不再相忘，居然餐餐不离沿村小米。皇帝巡视路过，潞王熬小米粥相待，粥未上，味先到，皇帝大喜。但潞王却因此永远留在了豫北，皇帝说了，这么好吃的小米……朕要不去豫北，他会想起朕来！潞王很懊恼，自此后，年年上贡沿村小米，又修了一座望京楼，天天眺望，以表忠心。这不过是一段野史，无从考证，倒是当年从豫北走出去的那个农业部副部长，因为爱吃沿村小米，要把百羊川的主人提拔成公社书记，却是千真万确。

这主人就是水伯。水伯的祖上就有过要被提拔的经历，说是提一个县令，祖上没去，依然布衣老农，守了下来，就一直守到了水伯这一辈。水伯不稀罕什么公社书记，他只稀罕百羊川的秋天，风吹嫩绿一片簌簌，最后变成满坡金黄沙沙作响。农闲的水伯在屋前屋后囤积草粪，坑是上辈人挖好的，水伯只管把青草、树叶、秸秆一股脑填下去，再压上土，浇上大粪，沤成肥壮肥壮的松软的草粪，一担一担挑上百羊川。要不就是去拾粪，跟在牲口后面，牲口一撅屁股，便抢宝一样撺上去。水伯从祖上接下这个活儿，一直干到了现在。沿村的大人小孩都知道，百羊川的小米一直到今天还这么好吃，都是沾了草粪的光。

水伯家的小米每年秋后都有人开着小车来家里买，买的人多，米少，买主常常为此吵嘴。后来干脆提前下订金，再后来就比价，比来比去，一斤小米比别人家的竟高出几倍。水伯的儿子受人指点把"沿村小米"注了册，进城开起了门市部，兼卖一些土特产。几年之后在城里置了房，又要接水伯去。水伯确实老了，锄头也不听使唤，好几次把谷苗当成稗子锄了起来。儿子要留下来照看百羊川，水伯不放心，进城前一再关照："山后的草肥，多割点沤粪。这几年，村里掀房的多，给人家拿盒烟，说点好话，老屋土咱都要了，秋后翻地撒进去，'老屋的土，地里的虎'，百羊川离不开这些！"千叮咛万嘱咐，水伯才步子蹒跚着离开了沿村。

儿子却不老实在沿村侍弄谷子，三天两头往城里来。水伯很不放心，问："你来了，谁看着百羊川？"儿子说："雇了村里的光棍老面，老面多老实，叫给地上十车粪，保证不会差一锨，老面又是种地的老把式，爹你还有啥不放心的？"水伯信了儿子的话，不再为难儿子。再说腿脚也真不中用了，下个楼都要人搀着。有时想回去看看百羊川，又一想自己的腿脚，也就罢了。

这一天，楼下忽然响起一声吆喝：沿村小米！谁要？

水伯的心一阵痒痒，他知道又是一个冒充者。但他知道这冒充者一定是沿村一带的，他很想去揭穿他，也不让他太难堪。家里没有其他人，水伯就强撑着下了楼，问卖小米的："哪儿的小米？"

"哪儿的？还用问？百羊川的！"

水伯笑了，说："别说瞎话了，我是百羊川的水伯！"几个正买小米的妇女一听，扔下装好的小米走了。卖小米的很恼火，瞪水伯："你百羊川的咋了？还不跟我的小米一个样，都是化肥喂出来的？"水伯还是笑着说："你可不能瞎说，百羊川的小米，没喂过一粒化肥，我还不知道？"卖小米的收拾好东西，推着车往外走："哼，百羊川才一亩几分地能产多少小米，撑死不过一千多斤！你儿子一年卖十几万斤沿村小米，莫非你百羊川能屙小米？把陈小米用碱搓搓，又上色又出味，哄死人不赔命。哼！"

想再问，卖小米的已走远，水伯愣在那里。

水伯一人搭城乡中巴回到沿村，踉踉跄跄爬上百羊川。正是初冬，翻耕过的百羊川蒙了一层细霜，一小撮一小撮麦苗拱出来。麦垄上横着几只白色化肥袋，阳光一照，泛出刺眼的光，直逼水伯。水伯嗓子里一阵发腥，哇地一口，把一片鲜红喷向了初冬的百羊川。接着扑通一下，倒了下去。这时，除了一只山兔远远地窥视着水伯，初冬的山坡再无半个人影。

百羊川静极了。

一把小红伞

　　一把小红伞，撑在一对恋人手中，便会旋转出无限的浪漫；撑在一个孩子手中，就会旋转出不尽的快乐。可是现在它却撑在一个坐在轮椅上的年轻人手中。

　　他是谁？为什么每天一手撑着小红伞，一手转着手摇轮椅车，慢慢地，慢慢地从那片家属区经过，风雨无阻。他不时仰头张望，搜寻每一个窗口，希望那个女孩探出身来，对他挥手微笑。但他却一次一次失望，甚至连女孩的身影也没看见过，倒见路人常常对他侧目。进入冬天时，有人议论："不下雨不下雪，打什么伞？一定是个神经病。"人们都躲着他走路，只有熟人见了，才上前打招呼。打招呼最多的是他的中学语文老师，她已退休在家。每次见到他，都要像小时候那样摸摸他的头，眼睛里充满了怜爱。记得初一那年，看了武打片《少林寺》，他就一个人跑到少林寺要出家学武，语文老师听说后，在办公室哭了，她一直很喜欢这个学生。语文老师现在就住在这座楼里，可惜他无法上她家拜访，尽管他知道她不会嫌弃自己。他很想把心中的秘密告诉她，好多次话到嘴边，又咽了回去。他只把写作上取得的成绩告诉她，有时也带给她登有自己作品的报刊。

　　"我会像史铁生一样。"他不止一遍在心里对自己说，"还有保尔·柯察金。"从他身边经过的人中，不少穿着奇装异服，头发染成各种颜色，他们是"新新人类"，当然与史铁生、与保尔距离很大。能够和他一起谈论保尔和史铁生，体味共同心情的，唯有那个陌生的女孩，那个给他力量的女孩。

　　女孩是去年开始给他写信的。那时，他刚刚因为车祸失去了双腿，他是县长秘书，马上要当局长了，事业正是如日中天，却出现了意外……他失去了生活的勇气，无法面对眼前的现实，于是两次自杀被送进医院抢救。他的恋人——一位副书记的千金——也离他而去。就在这个时候，他收到了女孩写给他的信："我是一个暗恋了你五年之久的女孩，不要问为什么，你不是发表过很多才气横溢的文章吗？你为什么不能像保尔一样与困难作斗争呢？你为什么不能像史铁生一样把人生的沧桑与苦难诉诸笔端呢……"女孩要求他每天傍晚从她居住的家属区经过，还让他撑一把红色的伞子，"撑起生活的希望，我等着你成功的佳音，等着……与你走上圣洁的结婚礼堂。"女孩写到这儿，一定羞涩得脸红了，他想。他终于开始了新的生活。

女孩时刻关注着他的消息，不时写信给他，却迟迟不肯露面。她说："我等着你更大的成功。"等待是美丽的，他更加倍地努力，为体现人生的价值，为深爱他的那个女孩。

深秋的一天，落叶飘零，风有些凉了。经过那片家属区时，再一次与语文老师相遇，她的额际仿佛一夜间增添了很多白发。她在他身边停下来，摸着他的额头，"孩子，让我告诉你一切吧……"语文老师未语已是清泪两行，他心里一惊。"是我的女儿给你写信的。两年前她患了癌症，她对生活却充满了信心与勇气，她说在她人生的短暂时间里，要把最宝贵的东西留下来，听说你的遭遇后，她决定帮助你，让你振作起来……给你写那些信，她都是忍受着巨大的病痛才完成的。她还写了很多诗歌，都是热爱生命和阳光的，厚厚一大本。在她生命的最后时刻，又完成了一首诗，实在不能捏笔了，她躺在床上念，我给她记……"

他听着，心灵震撼了，身体剧烈颤抖。一阵秋风刮过，手中的小红伞被吹落在铺满枯叶的地上。他猛地扑过去，跌在地上后又奋力往前爬去。他无声地流着泪，秋风吹得树叶哗哗响，他只一个目标：朝前爬，把小红伞紧紧地、永远地握在手中……

盖　房

　　秋夳晃儿，是庄稼人的一段闲时光。爹要趁这段时间翻盖房子，并且把我召到跟前，跟我商量："咱是盖水泥现浇房呢，还是盖红砖蓝瓦房？"望着爹一本正经的样子，我有些不知所措，要知道，以前家里大事小事都是和娘商量的，从没跟我说过。这时娘在一边说："你都十九了，秋儿盖了房，冬儿给你说媳妇。说了媳妇，你就是个大人了。"一边听娘说话，一边习惯地抬手抹了一下嘴，我清晰地感觉到手背被胡茬划拉的麻酥酥的感觉，突然一下子欣喜起来。

　　第一步是掀旧房，需要请人来帮忙。我家是独门小户，请人不太好请。爹报了几个对劲儿的，娘说了几家合脾气的，我在一边心里一涌一涌地，小声说："我也有几个朋友，一喊就来。"爹听了高兴地一拍大腿："都请来！"我去请他们，果真一口应了，说从掀到盖，我们干到底了。我说不用跟家里商量商量？几个人笑了，说："家里说了，我们都到说媳妇的年龄了，是大人了。"又说："大人的事就该自己说了算。"那段日子里，干活儿最卖力的，也就是我这几个同龄人。后来不管谁家有活儿，大家总是不请自到，一个个抢着干，吃饭的时候，都主动往后排。

　　第二步是垫地基，石头夯已经不兴了，现在都用电夯。方圆几里，就一家有电夯：电工二狗。二狗媳妇和娘吵过嘴，两家不大对劲儿。男的见了面还搭个腔，女的却是谁也不理谁，有时走过了，二狗媳妇还照地上狠狠唾一口。如果去二狗家问电夯的事，他媳妇十有八九会不让用。一家人犯了愁。娘鼓了鼓精神说："我去吧，大不了低个头说几句好话……"爹不吱声，却拿眼角瞟我。我拦住了娘，爹在用眼神鼓励我去处理这件事呢。其实也没什么好法儿，还是挨了二狗媳妇一顿数落和挖苦。当时我很委屈，眼泪快要掉下来了，可是一想起我是在替娘挨骂，而且二狗媳妇最终还是把电夯借给了我，又觉得不委屈了。

第三步是砌墙，料备齐了，也很快。才几日工夫，就该第四步了：上梁。房后的邻居抓钩家却不愿意了，说我家的梁罩住他家的正门了，不吉利，叫挪挪。墙已经砌好了，梁的位置是固定的，不能挪。抓钩恼了，叫来他的兄弟们大吵大骂，不让我家上梁，还爬上墙头掀掉几块砖。抓钩家势力大，又霸道，打我记事起，他家就一直欺负我家。爹打不过他们，娘骂不过他们，忍气吞声了这么多年，可现在……去找村干部，村干部"和稀泥"，根本不管。爹叹一口气，娘叹一口气，还不住地抹眼泪。这次爹没拿眼角瞟我，可我的胸膛却燃烧了。我脱掉上衣，拎着一把斧头冲抓钩他们冲去。抓钩正骑在我家墙头说俏话，我顺着梯子爬上去，二话没说，抢起斧头照他就砍。抓钩吓得"娘呀"一声叫，从墙头上滚下来，他几个兄弟拉起他屁滚尿流般逃了。事后我的心怦怦直跳，心想我只是吓吓他，要是他不躲，那可麻烦了。这一斧，吓得他家再不敢来找事了。

终于等到上梁这一天了。正中一根横梁披红挂彩，中间被刮平的地方，用毛笔写上了宅主的姓名、泥工和瓦工的大名以及盖房日期。抬时要一个人抬住大梁头，这里很重很关键。爹要抬，我拦住了他，说："我来！"几百斤重的大梁搁在我肩上，梁头系着绳子，上面有人拉。我咬紧牙关，顺着梯子往上抬，一节、二节……爹在下边喊："挺直腰。"梁终于稳稳地搁上了墙头。娘早蒸好了"剽梁糕"，盛进一只木斗里，又掺进水果糖、大枣、核桃，交给匠人师傅。匠人师傅上一节唱一句"上梁歌"，扔几把"剽梁糕"。院子里站满了妇女小孩，都冲匠人师傅喊："往这儿扔！往这儿扔！"匠人师傅上到房上，歌唱完了，糕也扔完了，这时墙头垂挂的鞭炮也响了。

娘高兴地用围裙擦眼睛，爹也用手揉眼睛。鞭炮声中，我却感觉肩头怪疼的，一摸，肿了多高，是刚才抬大梁时压的。一份自豪，从我心底涌过，我对自己说："你是个大人了！"

买手机

　　村里要进行农网改造，拆旧线换新线，家家户户还要装触电保护器。这是乡里的电工说的，支书文玉听后不由眼睛一亮，问乡里的电工："触电保护器去哪儿买？""愿去哪儿买去哪儿买，不过必须有合格证。"文玉眼睛又是一亮，晚上悄悄把村委会主任小星召到家里，把自己的想法说了。

　　小星听了一拍大腿，说："早该弄个威风威风了。每回去乡里开会，人家那些有手机和传呼的村干部，一进会场就扣耳朵上喂喂个不停，多神气。咱村穷死了，屁也没有，老被人看不起。"说到这儿，文玉想起一件事："那次乡里开会，散了会，人家腰粗的都悄悄拉了副乡长们下馆子了，剩咱几个穷村的干部在乡食堂吃大锅饭，你说脸红不脸红！"小星叹一口气："咱腰里要是别着手机，他敢门缝里瞧人——把咱看扁了？"

　　几天后，小星就在广播里宣布了一项规定：触电保护器一律用红星牌，由村里统一购买，买别的牌子或去别处买，电工不给接线。这条规定一宣布，就有人来村委会问："为啥非要买红星牌，听说上海产的人武牌便宜十来块钱！"小星说："你们问乡里的电工去吧。"乡里的电工正忙着拆线，不耐烦地告诉他们："别的牌子质量不敢保证，要是小孩老人不小心碰了电，只有红星牌能保证一秒钟断电，安全得很。"大家信了电工的话，都买了红星牌。文玉和小星偷偷地乐，电工的话是他俩头天串通好的。

　　小星跑县里联系了一批触电保护器，最后人家给了一千多块钱回扣。小星和

33

文玉喜滋滋地跑电信局买了一只手机，还余点钱，又给小星买了一只传呼机。两人约定：在村里千万不能露。

文玉天天充足了电，把手机藏在内衣兜里，只有回到家，才敢掏出来欣赏一番。他也不敢把号码说出去，所以手机从没响过。这天正在街上和人说话，手机忽然响了，文玉吓了一跳，赶紧往厕所跑，还假装捂着肚子。到厕所打开手机，竟是小星的声音。原来这家伙的传呼机也是天天闷着，心里痒得慌，又不敢在村里打电话，就跑县里给文玉打了一个手机，还叫文玉给他打个传呼试试。文玉说："你吓死我了。"就给小星打了一个传呼。刚从厕所出来，手机又响了，吓得他又钻进厕所。还是小星，问他什么事？小星答："我在县城一个电话亭，传呼响了，人家看我，要不回，人家还以为我带个假的哄人呢。"文玉训他："你烧包个啥？弄得我心里怪慌的。"

从厕所出来，文玉心里七上八下，对刚才跟他说话的村民说："我闹肚子了，得去弄点药吃吃。"说罢，转身就往家走，那个村民喊他："支书！医院在这边，你走反了。"文玉一愣，赶紧编了个谎："我家有药，回家吃。"说罢，文玉脸就红了，一路做了亏心事一样也不敢跟人说话。匆匆回到家，一进门就把手机锁进了箱底。

农网改造结束了，却有两户因交不起电线和触电保护器钱没接上电。一户是特困户老姬，一户是张寡妇。小星来找文玉，有些蔫蔫的，说："张寡妇的小孩夜里做作业都得去别人家——"说到这儿停了，拿眼瞅文玉，瞅得文玉低下头。半天，文玉才抬起头，说："我当支书，是大伙相信我，你这个村委会主任也是大伙投票选出来的……"

小星接上话："咱以前可没做过一件对不起大伙的事，这次……咱把那东西退了吧？要不，心里面踏实不下来。"

文玉点点头，说："我也是。"

两人去电信局，人家说没有这理，但是可以帮助他们贱卖，结果只卖了一半价钱。还差那一半钱，回去文玉把一头猪卖了，小星把存的玉米卖了。凑够那个数，两人挨家挨户去退触电保护器多出的差价，村民问是啥钱？两人支支吾吾，脸热得像被人打了两巴掌。办完这件事，文玉说："咱这是犯了大错误，没脸再干了。"两人就写了辞职报告，一起去乡里。

　　谁知村里一拨人先他俩到了乡政府，拦住他俩，说："犯了错误可以改，我们原谅你俩了。"文玉和小星更是羞愧难当，执意要去辞职。村民们不让，见劝不住他俩，就威胁说："你俩要真不干，大年初一往你俩院门上泼茅粪！"

　　两人互相瞅瞅，叹一口气，只得脸红脖子粗地回去了。

1998，猪肉掉价了

1998 年春节刚过，文星就去县城找初中同学化勇。一见面紧攥住化勇的手说："完了，完了。"化勇吓了一跳，问他发生了啥事？文星哭着脸说："猪肉又掉价了！"原来文星去年养了百把头小猪，到年底该出栏了，猪肉却掉了价，卖出几十头，一算账几千块钱赔进去了。剩下的挨到年后出栏，满指望正月十五前卖个好价钱，谁知毛猪价格跌了再跌，一斤比年头又少了几毛。这次可就不是赔几千块了。文星来找化勇，想让化勇在城里联系几个单位发一批福利肉，价格高些，挽回一些损失。化勇摇摇头，说："我在城里一不官二不衙，哪有这个本事？再说，各单位年前发的肉还没吃完呢！"文星很失望地去了。

过几天又来找化勇，文星的样子像是一下子老了许多。化勇知道文星肯定还是为那事，问他，文星只是叹气："唉，这下要倾家荡产了。"文星把猪卖了，赔了三万多。猪圈只剩下八九头母猪，有一头快分娩了，却害病死了，剥开肚，整整十二只小猪娃呀！"心疼死个人了，真是人倒霉了，称二斤盐都生蛆。"文星说，"我这次是来躲账的，建猪场在乡基金会贷了一万，借私人二万，都来要账，没法在家待了……"化勇一听，也替文星发愁，给文星倒一杯水，让他坐下来好好想想有啥法没有。文星不坐，靠着沙发蹲下来，水也不喝，眉头拧成一个多沟多壑的"川"字，愁得几乎要拧出水来了。化勇心里特别不是滋味，两人谁也不说话。后来化勇忽然一拍大腿说："不用愁了。"文星望着他："你有啥法？"

化勇反问文星："你忘了没有？上初中的时候，咱们练长跑，跑到一半就没劲儿了，上气不接下气，失了到终点的信心。体育老师说，这是长跑的盲点，咬咬牙挺过去就没事了。后来咱们做了，真是那样。你现在也是遇到了盲点，挺过去，肯定能成功。"文星点点头，又摇摇头。化勇继续鼓励他："猪肉掉价了，粮食没有掉价，猪肉价格肯定还会回升。你这几头猪就是星星之火，下了猪娃，一个也不要卖，到时候肉肯定涨价。搞养殖都是这样，有时赚，有时赔，等赚钱的时候再动手就迟了……"文星叹一口气，说："是这个理，可是我哪有钱买饲料喂猪呀？"化勇没再说什么，却拿出了家里的存折，一万五千块，一分不剩全取出来给了文星。文星感激得说不出话来，化勇笑笑："谁让咱俩打小就对脾气呢。"

文星恢复了元气，不但挺过了难关，后来还发了，成了很有名气的养猪大户。那天他去还化勇钱，化勇一数说："不对呀，借给你是一万五，现在咋还我两万五？"文星笑笑，说："还有利息呢。"化勇不高兴了，把那多出的一万块抽出来还给文星，说："自己人说啥利息？太见外了。"文星非要留下那钱，化勇坚持不要，文星急了，说："你不要我拿打火机烧个球。"化勇也急了，说："你烧个球我也不要。"文星没办法，只得收兵。化勇送他去车站，他盯着化勇那辆小木兰摩托车，非要借骑几天，化勇答应了。

谁知第二天，文星竟给化勇骑来一辆崭新的踏板摩托，说："你嫂子不会骑大摩托，相中你的小木兰了。"要跟化勇换车。小木兰才值两千多，大摩托咋也得一万多，化勇知道文星捣的什么鬼，所以坚持不换。文星也知道化勇的脾气，只好让了步，说："这车咱是换定了，你要还不答应，我这回真砸了它。不过不让你沾光，两车价格相差一万块，你给我打个借条，日后慢慢还我。"文星缠了半天，化勇只好给文星打了个借条，心说，过几天就还你。然后送文星到车站。

汽车开动了，文星探出头冲化勇挥手中的一张纸条，把它撕成了碎片，然后像赢了别人一场棋那样得意地坐回座位。化勇一见，轰地一声发动摩托追过去，冲文星喊："你下来，我再给你打一张！"

结 巴

　　胜利是个结巴嘴，从小就受人耍笑。伙伴们见了他喊："结巴嘴，卖棒槌，一分钱，买你仨……"胜利气得还嘴，可是越气越说不出来，半天才蹦出几个字："你……才……结巴……"伙伴们哄一声散去。

　　上学后，常有同学欺负他，他就去告诉老师。老师问，谁欺负你了？他是怎么欺负你的？胜利指手画脚解释半天，也说不出个名堂，班里的同学围住他哄笑，老师很烦，说他："以后弄清楚了再告诉我！"胜利很委屈，泪水在眼里直转圈。

　　父亲为了治好他的病，就买猪尾巴让他在嘴里嚼，那几年，三乡五里谁家杀了猪，都要捎信给他家。长到十几岁，猪尾巴用了百把条，还是没治好。父亲失望了，对胜利娘说："胜利长大了不好找媳妇呀！"

　　初中毕业后，胜利没考上中专，也没考上县一中，父亲就说："是个捯锄把的命！"胜利回家种田，很能吃苦，跟成年劳力干一样的活儿，父亲极高兴。农闲的时候，就让他跟车挣钱。邻居四清买了一辆拖拉机往新乡送大沙，胜利跟车卸沙，一月一百块钱。胜利舍得卖力，别人卸一车沙一个小时，他才半个小时，四清逢人就夸他，还给他加了二十元工资。一次在工地卸车后，四清让他瞅着后面倒车，胜利很受鼓舞，叉着腰给四清打手势，嘴里喊："倒——"车退到了工地伙房墙跟，胜利想喊："倒不得了"。可他一个"倒"字喊了半天，等他全喊出来时，哗啦一声，车已经撞倒了砖墙。四清赔了人家一千块钱，就把胜利辞了。父亲阴着脸，斥他："没用的东西。"

　　胜利很伤心，也很恼自己。其实他早就能和常人一样讲话了。没人的时候，他经常练习说话，他能一字不结巴地说很长时间，他还能唱戏，越剧、京剧、豫剧……他一个人的时候张口就来，唱得字正腔圆，很有味。只是一到人前，他就紧张了，又恢复了结巴和笨拙。

　　这天，胜利在河边饮牛，看见村长的儿子建国掉进了河里，胜利扔下缰绳就往棉花地里跑。村长正在给棉花打杈，胜利拽住村长的手，急得直比画："你……你……"村长平时不大喜欢他，见他这样就甩开手说他："有话就说，拉扯个啥？"胜利情急之下，摆出了唱戏的架势，他做了个甩袖的动作，又正了正帽子（其实他头上什么也没戴），然后唱到："你的儿建国他在河边，掉进了水里，你快去别迟疑……"村长一听撒腿就跑。

　　建国得救了，村长让他跪在胜利面前，"好侄子，救命恩人……"胜利慌得不知干啥好。这时，村长挥着胳膊冲围观的人喊："大家听着，以后谁也不准再欺负胜利，胜利是个好后生呢！"围观的群众也都伸大拇指，并且关照自己的小孩。胜利格外激动，他望着大家，张口说道："这算个啥？俺不会浮水，也没救出建国……"他说得很慢，却一个字也没结巴。村长和众人都愣了。

　　胜利自己也愣了。他怎么也没想到，在众人面前，他居然能不结巴地说话了。他突然泪流满面，用手扩成个喇叭喊："俺能说清话了！"

　　大家听得清清楚楚，胜利不结巴了。

成 色

　　成色生下来又白又胖，人人见了喜爱。抓周这天，他爬了一圈啥也不抓，最后却单单抓了二叔的钢笔。二叔喜滋滋抱起他，对哥嫂说："这孩子大了准有成色！"哥嫂高兴得直搓手，干脆就起名叫成色。在豫北乡下，"成色"就是有出息的意思，老实巴交的爹娘心里从此装满了期望。

　　成色上学后，果然勤奋，脑子也灵，功课一直不错。那时候，他是班长，我是组长，入了少先队，他又是中队长。成色也不自私，一有时间就帮助差生补习功课，放学后领着同学去给五保户黄老太扫地抬水。这一年，成色当了县里的"红花少年"，学校敲锣打鼓往家里送喜报，他爹娘高兴得光知道搓手，都忘了让人家喝水。

　　五年级升班考试时，成色一连几天发高烧，怕耽误考试就胡乱吞点药硬撑下来。考试完，他却晕倒在回家的路上，抬到卫生所，一个劲儿翻白眼。医生说，坏了，是脑膜炎，快送县医院。可是已经晚了。再从医院出来，成色就像换了一个人，又痴又呆的，记忆也失去了许多。又去读书，功课怎么也撵不上，期中考试数学竟得个零分。大人失望了，又想起医生的话——"能捡个命回来就算烧高香了"。于是让成色退学回家放起了羊。

　　我后来到乡里读初中，接着到县里上高中，一门心思扑在功课上，很少和成色见面，只是断断续续听到他的一些消息。听人说他和大人们在麦地锄草，有人故意逗他，把他的绿军帽藏起来，他找不见就急得在地上翻跟斗，又犯了病。还听人说村里一个老光棍耍他，给他一根油条，让他去拽一只花狗的尾巴，结果被花狗咬掉了一根指头。

暑假里，我去给牛割草，碰见了放羊的成色。羊们从乡间土道上跑过，扬起漫天灰尘，成色土模土样地跟在后面。不时有"开小差"的羊想往一边跑，成色就用手里的铁铲铲一块石子"嗖"一声甩过去，不偏不斜正好落在那只羊头上，羊立即乖乖返队。我情不自禁赞出了声："绝活！"成色见是我，叫了声："小辉。"我拉他在河边坐下，给他讲城里的新鲜事，上高中的趣事，还有我读过的书。他坐在我身边，眼睛大而无神，茫然的样子使我相信了关于他的传闻。成色却能看出我的好意，他手忙脚乱要做一件事情，想回报我对他的亲热。他说要给我看羊打架。说着就从口袋里摸出两瓣蒜，在两只羊前蹄上擦了一阵，两只绵羊痒得难受，找不到能拱的地方就互相拱起来，拱着拱着恼了，真干起来。我不由得笑了，仿佛又看到了那个聪明懂事的成色。

不久后的一天，成色就在我们说话的那个地方放羊，听到有人喊"来人哪！"他寻着声音跑过去，远远看见一个男的压着一个女的，在脱女的衣裳，女的拼命反抗，还喊叫，男的用手捂女的嘴巴。成色看了一会儿，想想，就找了一块比拳头还大的鹅卵石，用铁铲铲起来，"嗖"一声朝那个男的甩过去。石头不偏不斜，正砸在那个男的脑袋上。那个男的"嗷"一声叫，捂着流血的脑袋仓皇逃窜。后来群众顺着血印抓住了那个坏蛋。

被救的那个女的是乡新闻报道组的女记者，她带着感激之心连夜写了篇稿子送往市县电台报社，成色一下子出了名。几天后，乡里把一块写着"见义勇为勇擒歹徒"字样的绣金匾敲锣打鼓送到他家。成色一见来了这么多人扭头就往屋里跑，女记者一把拉住了他，把县里见义勇为基金会奖励的 1000 元钱放在成色手里。村里人都伸大拇指，夸："成色真办了一件有出息的事。"

成色的爹娘听了，仿佛又看到当年成色当"红花少年"时的情景，泪"刷"一下淌下来。

门

　　我们豫北乡下名医也不少，像百泉李小平的疮药，一块钱一包，多难摆治的脓疮撒上就长肉；还有黄塔骨科，到处被人假冒，广告做疯了，而正宗的只有一家，人家从不打广告。大医院的专科大夫提起，免不了一嗤鼻，满脸不屑，却挡不住病人往那儿跑。我母亲洗澡不慎摔折了股骨，到县医院就诊，门诊室就大夫一人在看报纸，我真怀疑他们的医术，就去了滑县黄塔。

　　黄塔的条件比较简陋，病房只有一个陪护床。第一个晚上，我和大姐只能轮换睡：病房制度是一床一人，护士发现后，把我赶了出来，在院子里冻了一夜。这终不是个办法！大姐忽然想起一个人，入院时物品发放处的那个明师傅，我们交谈过了，明师傅曾在我们老家贩过牲口。明师傅关照我们：有啥事找我！第二个晚上，大姐偷偷观察过了，明师傅晚上不在医院睡，他的办公室空着，还有一张床。"问问试试吧？"大姐说。于是我就找了明师傅。

　　没想到明师傅一口答应下来，说这点事算个啥，当年在你们老家贩牲口，没少让老乡们照顾！

　　我喜滋滋告诉大姐，大姐说还不买包烟谢谢人家？

　　我给明师傅送烟，明师傅高低不接，说："出门在外，谁不被人帮？"我只好把烟揣了起来，心说遇上好人了。

　　母亲干结几日，吃了药片后一个劲儿大便，这一天，把我和大姐忙得晕头转向。到晚上睡觉时，我一惊：明师傅没有给我钥匙！大姐起了疑心，说："一般情况该他主动给咱的，咱咋好意思去找他要？万一人家不是真想让咱住呢？"大姐又问："你给他买烟没有？"我说买了他没要。大姐分析说："肯定是嫌烟赖，这事黄了！咱还是换着睡吧。"半夜里，护士又要赶我们一个人出去，大姐心疼我，去院里冻了半夜。

第二天碰见明师傅，明师傅笑吟吟地，还给我递了根烟，问昨夜睡好没有？一条被子冷不冷？问得我支支吾吾，没法回答。

一直到天黑，也没见明师傅来送钥匙，我故意和他走了几个对面，仍没见他提这回事。晚上，我只好仍然和大姐轮流去院里。不睡觉又没事干是很难受的，我只好在院里闲转。不知不觉转到了明师傅那间办公室，心里就很惆怅。此时此刻，里面那张床对我诱惑太大了，躺上去美美地睡一觉，该多舒服呀。

次日，明师傅见到我又问：昨夜睡好了没有？想想夜里受的罪，我的火气就噌噌冒上来，答：没睡好！明师傅笑了：想媳妇了？我懒得理他，往一边走开了。

这天晚上，当我又一次转到他办公室门口时，心里很气愤，不让睡还气我，哼！我朝那门抬腿就是一脚。我怎么也没想到，门竟然开了。原来门根本就没锁！

怪不得明师傅没有给我送钥匙，他天天给我留着门呢。

我好一阵激动，之后轻手轻脚迈进去，打开了灯。屋里一下子白昼一样亮起来，我的心也霎时装满了暖意。这天晚上，我躺进洁白干净的被窝里，久久不肯入睡。临睡前我想，明天见了明师傅，不用他问，我就会告诉他：

我睡了个好觉！

我是你的崇拜者

冬日的一个下午，张清生夹着一股冷气到文印室送材料。

张清生清瘦清瘦，走路含胸，喜欢穿中山装和西装，扣子总是扣得规规矩矩，白片眼镜，书卷气极浓。他一门心思搞文学，在省内外大刊大报接二连三亮相，只是过分痴迷，却忽视了个人的感情生活。其实喜欢他的女孩不少，人家频送秋波，他却木头疙瘩一样不接，没少让女孩子气得摔枕头。打字员小丁就是一个，这个中师音乐班毕业能歌善舞的女孩阴差阳错地和"五笔字型"打起了交道，但她活泼依旧，文印室总有小鸟一样动听的歌唱。聪明又漂亮的小丁暗暗发誓要征服张清生。

张清生对漂亮女孩向来视而不见，今天又是撂下材料就走。小丁叫住了他。张清生双手搓着，不住地跺脚，问小丁有什么事。小丁抿嘴笑不回答，坐到微机前，手指灵巧地敲击键盘，一会儿一张信笺就从电脑里出来了。她交给张清生，说不准在这儿看，把张清生推出了文印室。之后小丁摸着发烫的双颊，心里怦怦直跳。

张清生在楼道里莫名其妙地展开信笺，却是白居易的一首《问刘十九》："绿蚁新醅酒，红泥小火炉。晚来天欲雪，能饮一杯无？"下边一行小字：晚七点在梦园美食城我请客，能否赏脸？张清生突然明白这是怎么一回事了，怪不得小丁的目光那么特别呢。张清生不是一个轻易被打动的人，重新回想小丁生动好看的脸蛋，和一双会说话的眼睛，还有那娇小玲珑的身材，居然从心底生出许多欢喜，因了楼外这浪漫的雪花，因了小丁的这般才气，他——要——去！张清生差点和一个同事撞满怀，同事笑他：啥事这么高兴！

包间里，两人面对面坐着，谁也不说话。小丁望着张清生笑，张清生望着小丁笑。张清生先开了口，问小丁："来点什么？"小丁说："今天说好了我请客，你不要喧宾夺主。"话慢慢多起来，小丁好几次张口，总是不好意思。张清生看出来了，问："这般盛情，怕是醉翁之意不在酒？"小丁笑了，低着头说："我想告诉你我很喜欢文学，特别喜欢你的文章，上中师时，你那篇散文《藤》我曾经抄在笔记本上。喏，我带来了——"张清生接过那本散发着馨香的缎面笔记本，里面夹了不少花片，读着自己亲切的文字，心里很感动。

第二次在这里约会，张清生轻轻握住了小丁一双手。小丁在心底一声欢快的轻嘘："浇水总算看见花了。"

两人很快结了婚。

婚后小丁操持家务，勤快得让张清生根本插不上手，只是对文学不再提起。张清生总认为小丁有才气，是块料子，鼓励她动笔写点东西。小丁咯咯笑着，说："侍候好你就行了，写啥东西呀？"

张清生问："你不是很喜欢文学吗？"

"我只喜欢你的文章，傻子——"小丁咯咯笑得更欢了。

笑过之后，小丁告诉了张清生一个秘密：为追求他，现抄了那篇散文贴在笔记本上，哄他说是上中师时抄的。

张清生一听急了，找出珍藏的那个笔记本，撕了个粉碎，他怒视着小丁："你不可以拿文学来欺骗我！你不可以拿文学来欺骗我！"之后摔门而去。小丁趴在床上哭了。

一直到子夜，张清生还没回来。小丁知道张清生的脾气，望着满地碎纸片，竟如他们的爱情，她失望了。

等张清生回来，小丁已经睡过去了。她苍白的脸颊上竟然挂着一滴清泪，张清生看了心里不由一动，顿生怜惜。忽然发现小丁手臂露在被子外面，一摊殷红……他大惊，热泪刷一下滚出来，抱起小丁就往医院跑。

苏醒过来的小丁和张清生抱头大哭。张清生后悔极了，他现在才明白：爱情之于女人，是多么重要呵。

命　令

　　1940 年，中共豫北地委任命王云清为辉县县委书记，到雁翅口以卖油馍为掩护，发展地下武装。三爷是王云清发展的第一个党员，后来组建太行支队，三爷任排长。

　　三爷天生骁勇，打起仗来不怕死。一次，骑着骡子持双枪杀入扫荡的日军中间，一口气击毙 13 个日军，自己却毫发未损，一时传为佳话。当时辉县还有一个抗日英雄，名叫郭兴，是后来电影《平原游击队》中的原型。郭兴听说三爷的事迹后对三爷很敬佩，一个劲儿伸大拇指，不久之后两人一起去山西解放区参加了朱德总司令主持的"抗日杀敌英雄表彰会"。再后来三爷却被撤了职，要不是王云清极力担保，说不定就被开除了。事情起因是三爷的一个光屁股一起长大、恨不能割头换项的伙伴，也是雁翅口村的民兵，被一个据点的伪军抓住割了头。三爷暴跳如雷，一声不吭带了一个班连夜摸进据点，把一窝伪军一起端了，二十多颗头祭了伙伴的亡灵。这事震惊了太行支队的上层领导，他们一致认为三爷这是目无纪律的个人主义行为，一个副大队长提出：要是据点里有我们地下工作者该怎么办？大家都出了一身冷汗，一致同意开除三爷。身为政委的王云清站了出来，说三爷的品质不坏，人也是可靠的，还有可塑性，通过教育应该能够成为一名优秀的战斗员。最后三爷被送到根据地抗日军校受训。

　　转眼间到了 1946 年，日本投降后，太行支队和八路军老三团驻守辉县城。老三团接受任务开拔走不久，伪县长关青潮勾结驻扎在新乡一个师的国民党正规军攻打辉县城。太行支队死守三面城墙，战斗打得很苦很激烈，敌人的尸体一马车一马车拉走了。支队兵力少，防守西城的只有一个班，班长就是三爷。因为西城下是浩浩卫水，河面较宽，一般敌军不来此攻城。这个班在预防敌军偷袭。

打了一天一夜，国民党也没攻破辉县城。这时，太行支队接到命令，为减少不必要的伤亡，暂时撤离辉县城。部队从北门突围，三爷这个班的战士都看见了，一齐问："部队要撤，咱们也动身吧？"

三爷一挥手，制止了大家，说："命令还没来，不能动！"

接着东门、南门守城的部队都涌向北门，还有马队也行动了，几匹马前蹄腾起，立在了空中。战士们看得真真切切，急了："班长，再不走就迟了！"

三爷还是不让大家动，说再等等，命令会来的。

北门的枪声很激烈，一个时辰之后静了下来。辉县城已是一座空城。静了不长时间，又闹腾起来，国民党的部队进城了。三爷的这个班再想撤退已经来不及了，国民党发现后，迅速包围了他们，连卫河对岸也架起了机枪。到处是黑洞洞的枪口！国民党也不攻打他们，围困了三天三夜，并且一个劲儿喊话要他们投降。三爷问战士们："投降不？"战士们一个个摇头，都望着他们的班长。三爷笑了，夸："没有孬种！咱太行支队没一个孬种！"然后掏出了手榴弹，揭开后盖，掏出引擎线，递给了一个战士。战士们愣了一会儿明白了，也纷纷解下腰里的手榴弹。

八个人，围成一圈，都不说话。三爷开始喊口令："一、二、三！""轰"一声，北城墙上滚起一股浓烟，袅袅升起，历史永远定格在了这一瞬间。

……在三爷他们的追悼会上，王云清一边痛惜支队的失误，没有给他们撤退命令；一边动情地夸赞三爷：赵老三已经成为一名真正的军人了！

小马叔叔

小马叔叔是个司机，有一张很年轻的脸和一撮很好看的胡子，鼻尖和下巴沾了炭黑，他是从山西拉炭下来经过我们村子的。那一年，我刚学会骑自行车，在连接村子和公路的那条乡间土道上练习，心里痒痒的，一直想上公路威风威风。当我拐上公路时，并不知道自己是在逆行，汽车都躲着我。一辆小四轮拖拉机没有躲我，我被撞翻了，车轮从我左腿上碾过。我听到了骨头碎裂的声音，钻心的疼开始袭击我。那辆小四轮减了速，司机还离座起身回头看了我一眼，然后加大油门跑了。我疼得喊叫起来，汗水和泪水一把一把地往下淌。一辆辆汽车从我身边开过，我向他们求救，司机伸头看一看，又一个个飞也似的去了……我已经坚持不住了。这时，一辆草绿色解放牌汽车在我身边停下，于是我看到了那张年轻的脸。我一下子昏了过去。

我被拉到县医院，被抱到外科手术床上，那个司机替我交了手术费，一百四十块钱，那时候钱是很管用的，五分钱就能买一根油条。见我没多大危险，他就悄悄离开了医院。这一切都是医生说的。出院后，爷爷每天带我到路上守候，等那辆草绿色的解放牌汽车，等那个有一撮好看胡子的司机。有不少解放牌汽车让我们拦住，司机却不是他，爷爷说你会不会记错？我让爷爷放心，那张沾满炭黑的脸我一辈子都不会忘记的。我们挨个儿打听，有一个老司机根据我描述的模样猜测：可能是小马吧，他爱帮助别人。我记下车号，等呀等呀，还是没有等来。"小马叔叔，你在哪儿啊？"我在心里喊。

我没有放弃，一天天等下去，盼下去。后来老式解放牌汽车渐渐少了，公路上新型大卡车多起来。有一天，我的嘴唇上边也生出一撮密密匝匝的小胡子。再后来，我也成了一名司机。

有一次，经过一个市场门口，见围了一堆人。我把车停到一边，走过去。原来是几个痞子在打一个十二三岁的小孩，一个痞子一脚就把小孩踹一个跟头，又把他拽起来，另一个痞子拿半截砖头照小孩后背就是一击。小孩已经被打晕了，忘了求饶，可他的眼睛却哀哀地望着围观的人群。围观的人谨慎地观看，随时准备跑开，没有人救他。小孩绝望的目光与我的目光相撞，我心里不由一震。于是我上前阻止几个痞子打他。一个痞子拿水果刀在我眼前晃，另一个拿砖头照我头上就是一击。血顺着我的脸颊流下来，我抹了一把血，夺过痞子手中的砖头猛然还击。我吼着，满脸是血，痞子们吓跑了。那个小孩子已经有些痴呆了，一半被吓一半被打。我送他到医院，医生了解情况后，对我说：你别走，我马上向院领导汇报。他们还问我叫什么？我猛然想起了小时候，想起了那张沾满炭黑的脸，"小马……"后来我还是悄悄离开了医院。

几天后，我在电视上见到了那个挨打的小孩。他说他要寻找救命恩人——小马叔叔，他说他已经是第四天在电视上寻找小马叔叔了……看到那小孩脸上缠着绷带泪水直流，我又想起了小时候，想起了那些个在公路边守候的日子，我的眼里也溢满了泪水。去擦脸时照了照镜子，我看见镜子里有一张很年轻的脸，还有一撮好看的小胡子。于是，跑回房间用手指蘸了一点墨水又返回镜子前，在鼻尖和下巴处轻轻点了几下。我一下子欣喜起来。

镜子中的人，不就是我寻找了多年的小马叔叔吗？

爱心设计

热恋中的男孩和女孩，在一天里遇见了两件使他们心动的事。

第一件事是在男孩接女孩的时候，女孩住的家属楼上有一位老人，在阳台上用细铁丝捆绑水泥栏杆上的花盆。女孩知道他姓王，同他打招呼："王大爷，你绑花盆干什么？"老人回答她："掉下去会砸着人的。"跨上摩托车后座，女孩搂住男孩的腰，俯在他耳边说："我能从王大爷眼里读到爱。"

第二件事是在男孩带着女孩兜风的时候。一个单身骑士和一个带着小男孩的男士赛车，原因是单身骑士超车时按了几声喇叭，带小孩的男士可能太好胜了，也加大油门，风驰电掣一般。就在单身骑士又一次超越那个男士时，他听见了男士摩托车上的小男孩惊恐的叫声："爸爸，我怕。"他一下子松开了油门。带孩子的那个男士以为自己得胜了，回头望一眼，得意地去了。男孩和女孩一直跟着他们，男孩问单身骑士："怎么慢了？"单身骑士瓮声瓮气地答："他带着小孩呢。"

这时男孩感慨地说："爱心真的无处不在啊。"女孩提议："咱们也做一件这样的事吧？"男孩说好。

谁知一天下来，两人竟没做下这样一件事，临分手，女孩命令男孩："什么时候你设计了爱心行动，才可以来找我。"男孩笑笑，以为女孩说着玩的。

后来，男孩打电话约女孩，女孩问他做了没有，男孩说没有，女孩就挂了电话。一连两次，男孩对这事认真了。专门去做，却又无从做起，还闹出几个笑话，男孩约不到女孩，挺着急。

有天早晨起来，男孩去扔垃圾。街上起风了，纸片、塑料袋被刮得满天飞，有一张脏纸片刮到了男孩脸上，男孩很烦恼。正要离开，又忽然想，塑料袋打个结，脏东西不就飞不出来了？于是他这样做了。男孩打上一个，又打上一个……后来干脆回家找出一块木板，写上"塑料袋请打个结再扔"几个字，挂到了堆垃圾的地方。

不少出来扔垃圾袋的人都这样做了，有几个不理睬的，男孩就替他们做了，他们很不好意思，脸微红地冲男孩点点头。

第二天，男孩早早地把木板挂出去，大家都如此做了。依然有风的日子，却没有满天飞的碎纸片和塑料袋。男孩突然欣喜起来，他想，现在可以给女孩打电话了。

刨　树

　　这年冬天的一天，男人吃了饭去邻居家打麻将。男人今天手气真臭，一个劲儿点炮，兜里的十块钱没几圈就输光了。欠人家，人家不让，男人急得脸红脖粗，说："我还会耍赖？"人家就揭他的老底："谁不知道你家里媳妇当家，去她手里掏钱比解大闺女腰带都费劲儿，她要不给你钱，你拿啥还我们？"男人很觉脸上无光，只好腾了位子。在麻将场待了一会儿再没人搭理他，觉得无趣就起身回家。小北风刀子一样刮着，卷起一股股雪堆到墙根处。一到街上，男人就把脖子缩进了袄领里，真冷呀！

　　到了家门口，却见两个汉子蹲在他家门口墙角避风，两辆破自行车像两个醉汉一样歪在一边，每辆车上都绑了一张铁铲子。"刨树的？"男人问他们，他们点点头，身子缩得更小了一些。男人又问："没找到活儿？"一个汉子答："这鬼天气，喊了半天，除了一嘴雪，连个鸟也没有。"男人瞧他俩冻得脸色乌青，清水鼻涕挂在鼻尖儿下，就有些不忍，对他俩说："去家里暖和暖和？"两个汉子捂着快要冻僵的手，连说遇上好心人了。

　　进屋的时候，男人瞅了一眼南墙根那棵榆树，男人有了一个想法。可是进了屋，却又不敢跟媳妇说。给两个汉子倒了白开水，拨开煤球炉让两人烤火。汉子掏出烟，男人也拿出烟，推让一番，只好交换吸了。过了一个时辰，风一下住了，只有零星小雪飘着，两个汉子站起身。"得去寻活儿了。"一个汉子说，另一个汉子接话："这鬼天气，寻也是白寻。"这时，男人又隔着窗子瞅了一眼那棵榆树，望一眼媳妇，等两个汉子快出门了才鼓起勇气对媳妇说："要不，把咱那棵榆树刨了？"男人说罢看着媳妇，有些不安。

媳妇正在专心致志地剪一只花喜鹊，喜鹊眼总是剪不好，急得她头上快冒汗了。听了男人的问话，她连头也没抬，只"啊"了一声。男人犹豫着，不知这一声"啊"是同意了还是没听清，就又问了一遍。这次女人回答清楚了："刨吧。"却又问："不是还不够一根檩条？"男人不吭声，望了媳妇好一阵，才开了口："刨吧，这雪天他俩人……"媳妇没再说啥。

两个汉子一听说有活儿干，浑身是劲儿，也不觉得冷了。他俩对男人说："刨树还是老规矩，不收钱，树皮归俺，不过晌午得管一顿饭。"又补充说："好孬饭都中，只要叫吃饱，俺的饭量大。"男人知道他们把树皮铲去是做香的，过春节烧的香都是榆树皮做的。刨树时逢上树大了，高了，他们除了铲树皮还会收一点钱。男人点点头。一个汉子来到榆树下，往掌心喷了两口唾沫，双手抓着树干"嗖嗖嗖"就上去了。男人心里一惊，这身手要去偷东西，厉害着呢。这时汉子从腰后抽出斧头，开始卸树杈。

媳妇也开始做饭。男人凑过来，问："啥饭？""大米。"

"啥菜？""白菜，还有一疙瘩豆腐。"男人迟疑了一下，怯怯地问："不割点肉？"

女人瞪他一眼："才吃过两天，割啥肉？"

男人不吭了，出去瞧了一会儿刨树的汉子，进屋又对媳妇说一遍："割点肉吧？"媳妇忽然明白了，笑了一下，说想割你去割吧。男人却磨蹭着不走，女人问："你咋不去？"男人说没钱，女人说早上不是给了你十块钱？男人脸红了，说输了。女人心疼钱想发作，却见刨树的汉子正站在院当中，就忍住了。从兜里摸出一张票子递给男人，白了男人一眼。男人前脚跨出门槛，后脚留在屋里，他转过身问："割几斤？"女人说："想割几斤割几斤，还用问我？"声音很大，仿佛说给院子里的汉子听。媳妇就是这样，平时在家霸道得很，一个人说了算，可一有外人，却处处让着男人，很给男人脸面，让男人没法不死心塌地听她的。

这棵榆树对两个汉子来说是小菜一碟，很快就放翻了，开始铲树皮。

吃饭时，汉子见碗里稠稠的肉片，确实意外了一下。两人吃过饭，把树皮捆扎好，绑到车梁上，一个汉子说："大哥大嫂真是好心人，还专门割了肉，当客待俺呢。"媳妇又往男人脸上贴金："都是你大哥的主意。"推了车要走，男人发现一个汉子没戴手套，这寒冬腊月的！就拿眼瞅媳妇，媳妇明白了，跑屋里拿出一双手套递给那个汉子："把你大哥的手套戴上，要不手会冻烂的。"汉子接了，也不会说啥客气话，跨上车却瓮声瓮气丢下一句话："过两天俺来给你家拗一对小椅子。"

过了几天，两个汉子果真来了。在院子里点下一堆火，拣从榆树上卸下来的几根大树杈放上熏，熏软了开始拗。他们还带了钉子和扒角，拗过了又钉一阵，一对新崭崭的小椅子放在了男人和媳妇面前。小椅子模样很乖，像两个穿了新衣裳准备过年的娃娃一样。

考中专

　　我家里很穷。爹是极老实的庄稼人，不会做生意，也没啥手艺，挣不来轻巧的钱。农闲的时候，他就去建筑队打小工，一天五块很辛苦。那一年，初中毕业考试一结束，我就提出辍学，回家帮爹种地干活儿。爹听了立时恼了，斥我："我忙死忙活图个啥？还不是指望你能有成色！"又说："就是打破锅卖生铁也要供你读书！"为了能早日挣钱，我的志愿报了小中专。

　　转眼间到了考试的日子，一家人都跟着我紧张。

　　考试前一天晚上，全家坐在一块商量第二天给我做啥吃的。小妹在一旁插嘴："哥最爱吃烙馍炒鸡蛋。"爹和妈当即决定第二天做烙馍炒鸡蛋玉米稀饭。

　　第二天天未亮，爹就起床，到做饭的小屋生火，火竟在昨夜里灭了。爹大惊，回屋把妈叫醒。小妹也一骨碌爬起来。妈慌慌张张穿衣服，问："这可咋办？"爹说："赶紧重生火，说啥也不能叫娃空着肚去考试。"爹找来麦秸和劈柴，小妹很有眼色，早把火柴找到递给了爹。爹生着了火，又用一把破扇"扑扑扑"狠命地扇风。一直到他满头大汗，火终于熊熊地燃上来了。这时小妹接过爹的扇子，妈也开始和面烙馍炒鸡蛋。

　　爹擦一把汗，见我在一旁愣着，就训我让我去学习。我说不在乎这一会儿，爹不同意，说："临阵磨枪，不快也光。"我只好捧了英语书去记单词。

　　油光光的炒鸡蛋和香喷喷的烙馍做好后，我狼吞虎咽，一会儿吃了个肚圆。搁下碗还不见小妹从做饭的小屋出来，我推门一看，她的右胳膊已经像发面馒头一样肿起来……小妹眼里噙着泪花告诉我："哥，我总共扇了九千一百三十下，妈就把饭给你做好了。""妹。"我唤一声，泪水滚滚而下。

　　家里没有自行车，村子离考试的乡中学还有七八里路。我准备步行去，爹不允，说走累了身体，还咋考试？他说他昨儿个就把架子车胎气打饱了，要用架子车拉我去。爹撑起架子车，让我上。我不上，我怎能让爹拉我？结果爹恼了，黑乎着脸，妈硬把我推上了架子车。爹拉着我，一出村就小跑起来。我双眼含泪，爹的背影在我面前一跳一跳地模糊起来……

　　那年九月，我被新乡一所中专录取。当我穿着妈纳的千层布鞋踏进这座北方城市时，这个城市正是一派热闹景象：车辆穿梭，红绿灯闪烁，大街上柔曼的歌曲袅袅飘荡……我的心却出奇得平静。

羊肉烩面

在豫北，烩面馆比比皆是，很多人家都能自做自吃。可在 20 世纪 80 年代，一个乡下人吃一顿羊肉烩面，却是一件奢侈的事。

那一年，张林在新乡读中专。

秋后，爹从老家打信来，说今年柿子丰收了，家里卖八分钱一斤，问张林新乡的价钱贵不贵。张林一打听，暖好的柿子摆摊可卖到两毛五，便赶紧打信告诉了爹。

过了一个星期，张林正和同学们做课间操，有人喊他说校门口有人找。张林跑去一看，爹笑眯眯地站在那里，还是那件对襟布衫，脚上穿着姐纳的千层底布鞋，肩上搭一条毛巾。张林欢喜地跑过去，问："爹，你咋来的？"

"走来的。"爹朝旁边一指，"我来卖柿子。"

满满一车柿子，红嘟嘟的真好看。车子是老家那种独轮小车，两根车把中间系一根宽布带，搭在肩上省力气。老家到新乡一百五十多里路，张林瞅瞅爹，又瞅瞅满满一车柿子。问爹："走了几天？""夜儿个鸡叫头遍打家里出来，山路不好走，天擦黑才到县里；今儿个天不明从县里上路，一直走到这会儿。"

张林心里一阵发烫，忙对爹说："先去宿舍歇歇脚吧！"说罢来到小车旁，扎下马步，把布带朝肩上一搭，两手抓住车把，腿一挺就站了起来。爹在一旁连连摆手，说："使不得，使不得，你这会儿是中专生了，同学瞧见了会笑话你。""你推，他们才笑话我呢！"张林推车就走。

张林一直把车推到宿舍楼跟前，果然招来好多吃惊的目光。

中午和爹去食堂吃饭。爹一身太行老农的装束挺扎眼，又有不少目光投来。有一个同学低声问张林："家里来的老乡？"张林往爹身边靠了靠，声粗气壮地回答："这是俺爹！"这一声，叫得爹心里热乎乎的。

爹住在学校，白天出去卖柿子，中午饭在外面吃。晚上，张林给爹打来洗脚水，问爹："你在街上吃的啥饭？"

"羊肉烩面。"

爹说罢擦擦嘴，一副味道好极的样子。张林笑了笑，心说：味道再好，也不能从中午留到晚上，爹真是没吃过啥好东西。

过一天再问，仍说吃的羊肉烩面。

瞧爹那高兴的样子，显然是很爱吃。

爹卖完柿子要走，给张林留下一叠毛票，叫张林买书瞧："你打小就爱瞧书，咱家难，买不起。你为了借人家书瞧，放罢学去给人家割猪草，礼拜天给人家出猪圈粪，爹听说，心里不知多难受。"说着眼圈红了，"你将来挣了钱，家里一分钱也不要，都留着买书……"

就在这年冬天，爹的肺病犯了，跑过几家医院，说是肺癌，用了不少药，却越来越坏，眼看不行了。张林守护在床前，瞧爹眼中分明有什么话要说，问爹，爹生满皱纹的脸生硬地笑了一下，竟显得有些不好意思："前时……爹去新乡卖柿，头回见羊肉烩面，嘴里都快流口水了。老想吃一碗，老舍不得那几毛钱，天天闻着那香味啃你娘给烙的饼……嘿嘿，快入黄土的人，咋就这么贱，又想起那香味了……"张林紧握住爹的手，泪水吧嗒吧嗒砸在床沿上。

夜里，爹去世了。一想起爹生前竟没能吃上一碗羊肉烩面，张林心里就潮潮的，不是个滋味。

不懂感情的男人

海山的妻子去世了，爱云也离了婚，经人一撮合，两人做起了半路夫妻。都是过来人了，也没啥新鲜的。只是第一次同房，两人还真有点不好意思。过后，海山告诉爱云，他有脚气病，洗衣裳时袜子和裤头不要搁在一块洗，要不容易传染的。爱云也告诉海山说她有肾病，身子又虚，还是少做那事的好。海山笑笑说，成天开车，起早摸黑的，怕是想做也没空呀。

海山是单位的小车司机，贼忙。一大早起来，他三两口喝下爱云给冲的一碗鸡蛋水，就心急火燎地赶去单位开车接领导，中午一般随领导在外面吃饭，晚上回来更迟。星期天也少歇，轮到偶尔可以歇一次，他俩正盘算着怎么过这个周末，不料海山腰间的传呼就又响了。更让爱云生气的是，海山对这种生活早已习以为常，对她居然一点歉意都没有。有几次领导出差了，海山本可按时回家的，不料他下班后又和同事"斗地主"去了，之后又上馆子，还是到了半夜三更才回家。爱云气得直跺脚，说海山不顾家。

在一块生活时间长了，爱云又给海山下了个结论：不懂感情。两人结婚一年多，海山没陪爱云逛过一回商场，没给爱云买过一回衣裳。爱云有时提醒他，故意在他面前说她单位的张姐四十几岁啦，过情人节老公竟拉她去拍婚纱照，还给她买了"三金"。海山听了，木头似的跟没听一样。一次，海山要和领导去上海出差，爱云对他说："上次我们单位小关去上海，给他爱人捎回一件羊毛衫，听说上海产的羊毛衫款式又新又便宜……"话说到这份上了，是个傻子都能听得出来。谁知海山从上海回来，连根羊毛也没给爱云捎，爱云气得有话无处说，心想，就是跟一块木头过日子，敲一敲它还有声音呢！

平时爱云有个头疼脑热，本指望海山跟她坐床边按按头，揉揉肚，说说话，做梦吧！每次海山都是找出一堆药，再扔下几句多喝开水之类的话，人就没影了，这时候，爱云委屈得直掉眼泪。过后，她还不死心，想考验考验海山。那天清明节，她提出和海山一起去给他前妻扫墓。到了墓地，烧纸上香，等事情完了，海山连句话也没说就离开了。她偷偷打量海山脸上的表情，一点伤感的样子也没有，真是个冷血动物！爱云想，要是自己死了，怕也难指望他掉一滴清泪。

爱云的肾病时轻时重，重了吃点药，轻了就不管它。这年春天，爱云忽然脖子、脸全肿了，到医院一检查，吓死人啦——尿毒症！医生说，爱云的双肾已坏死，必须换肾，否则有生命危险。爱云问，换一个肾多少钱？医生说，二十万。二十万？爱云一听，连院也不住就回家了。家里也就两三万存款，卖了这个家也换不来那么多钱，她打算找中医吃些草药，这想法其实是不管自己的病了。上高中的儿子听了妈妈的事哭得泪人一样，说要把他自己的肾换给妈妈。爱云笑笑，说，傻儿子，将来你还要传宗接代，这是不可能的事。一旁的女儿呢，其实就是海山前妻生的，竟也是泪人一般。她说，那就用我的肾！爱云一把搂住她说，我的好闺女。再看一旁的海山，低着个头还是没事一样，居然连句安慰她的话也没有。爱云心想，自己的命咋就这么苦啊？

想着想着，泪水吧嗒吧嗒落了下来。

过了几天，海山突然说借了几万块钱，要爱云赶快住院治疗。爱云说，住院也是白搭，治不好，再给你和孩子们留一堆债咋办？海山说，借的钱加上咱家的钱够换一个肾，医生不是说了，一个肾就能保住性命，只是以后不能干重活儿，以后也不要你干重活儿了呀。爱云说，这么多钱，以后咋还呢？海山笑笑说，慢慢还吧，有人在，还怕赚不来钱？听了这话，爱云心里一下子好受极了，心想自己咋就没看出来，关键时候，海山还是顾着自己的，起初她还以为海山不会管她呢。

爱云进手术室前，医生允许她和家人见一面，却只有儿子和女儿，不见海山。他们告诉她，爸爸签字去了。爱云心里沉了一下，都这个时候了，他还不在身边。这样想着，眼睛就又发起涩来。手术进行了七八个小时，爱云一直处于昏迷状态。手术后，她被送到了隔离病房。

　　爱云醒过来时，第一眼看见的是天花板，一扭头见邻床也躺了一个病号。定睛一看，竟是海山。爱云以为海山是来伺候自己的，再一看，海山也穿着病号服，床头挂着吊瓶在输液，脸色苍白得变了个人似的。见爱云正在看他，他也扭过脸来，疲倦地冲爱云笑笑，又努力将一只手伸向爱云。爱云一下子明白了，泪水泉涌一样模糊了双眼，她把自己的手也伸出来，去迎接这一瞬间让她灵魂震颤且终生挚爱的男人。

打酱油

　　秀娟和喜顺是大学同学，毕业时秀娟已经留校，可为了爱情，她还是和喜顺一起来到了这个县城。县教育局分配时只准两人留一个在县城，另一个要到最艰苦的地方。喜顺去了离县城七八十里的尖山洼小学，条件苦不说，还不通车，一个月才能回来一次，家里的事就全丢给了秀娟。

　　一开始不怎么忙，后来有了孩子，可把秀娟给累苦了。两人工资不高，还要给喜顺老家父母寄钱，经济很紧张。秀娟省吃俭用，操持这个家，曾经一连三年没添过新衣裳。秀娟对喜顺的母亲还很孝顺，一次老人来看病，秀娟给老人找医生、抓药熬药，拣可口的饭菜做。晚上又给老人端来洗脚水，老人穿着棉衣裳，笨得弯不下腰，正作难着，秀娟蹲下身，抓起老人的脚就撩水。洗过，又给老人剪了指甲。老人说："我一冬天都没剪过一回指甲……"这一晚，老人幸福地掉了半夜眼泪，枕头都湿了。后来，老人说给了喜顺，喜顺握住秀娟的手："让我这辈子咋报答你呀？"

　　那时候，两人感情真是稠得没法说。喜顺住校的日子，无时不在想念秀娟，夜里还经常梦见秀娟在送孩子去幼儿园……有一次，因山洪暴发，断了路，喜顺两个多月没回家，路好后，他便迫不及待回家探望。

　　一进门，看见秀娟，眼里都快冒出火星来了。可他们也不敢表达，五岁半的儿子还在一边呢。儿子先和喜顺亲热一番后，又缠着喜顺给他讲故事。喜顺一边讲故事，一边摸秀娟的手。秀娟的感情也在传递着，她的手在微微抖动。两人都感到时间过得太慢了。秀娟就给儿子一块钱，叫儿子去胡同口那个小卖铺买方便面吃，儿子欢天喜地去了。秀娟和喜顺刚拥到一块，门就"嘭嘭嘭"响起来，儿子又回来了。这次喜顺想了个好法，从厨房拿出一只盘子，让儿子去小卖铺打半斤酱油，还鼓励儿子："你一定能完成这个任务！"儿子小大人一样挺了挺胸脯，接了盘子去打酱油。

这次，喜顺和秀娟终于把感情传达完了。这时儿子也回来了。一进门就哭着说："我慢慢走，酱油还是洒了，我没完成爸爸交给的任务！"秀娟一把抱住儿子，又羞又喜地笑了。

后来喜顺改行进了乡政府，从秘书开始，一步一个脚印，副乡长、乡长、书记，再后来居然回城当了县化肥厂的厂长。化肥厂是县里的支柱企业，喜顺的车是全县最好的车，经常出入高级宾馆，人也慢慢变了，后来居然跟厂里一个新分来的女大学生好起来……秀娟起初不相信，直到有一天喜顺提出了离婚，她才知道，以前在电视里看到的故事也在自己的生活中出现了。

已经上大学的儿子知道后，专门请假回来劝爸爸，喜顺却听不进去。儿子说："你要一定和妈妈离婚，我就不认你这个爸！"喜顺铁了心，回答儿子："你不认我，我可认你这个儿子。但这次婚姻革命，我一定进行到底！"话说到这份上，秀娟知道没希望了。

一听说秀娟同意，喜顺好不欢喜，拿了离婚协议书要秀娟签字。秀娟握笔的手抖着，儿子在一边拉她："妈！你别签字……"秀娟狠狠心，还是签下了自己的名字。喜顺收起来，对秀娟说："以后有困难可以找我！"秀娟不吭声，喜顺想走，又觉得不好意思一下子离开。三人都不说话，屋里静极了。

良久，良久，秀娟忽然起身从厨房拿出一只盘子，命令儿子："去打半斤酱油！"儿子不解地望着秀娟，没有动。秀娟大声喝斥儿子："你也不听我的话啦……"见秀娟泪水在眼眶里转圈，儿子赶紧接住盘子去打酱油。

喜顺在一旁愣了！那只盘子像一只小锤一样，照他的灵魂猛敲一下。一堆堆往事浮上心头……他像被人打了几巴掌一样脸红发热起来，头垂了下来。

儿子再从外面进来，看见喜顺正用打火机烧一张纸片。

小 玉

小玉中师毕业，分在家乡一所中学教书。有人去家里提亲，妈说：闺女还小呢，才十八。小玉一旁听了，脸上红红地发烧，心里扑扑直跳。过两年，又有人来说亲，妈说：让他俩先见见面再说。

对方也是中专生，在乡里粮站做会计。

小玉从来没有想清楚过自己未来的恋人是一个什么模样。可是当这个戴着宽边眼镜，秀气、儒雅、名字叫峰的同龄人站在面前时，她竟感到是如此亲切。她和峰的距离一下子拉得很近，很近。

过了一些日子，和小玉教碰头班的张姐见小玉在织着一件男式毛衣，一下子大呼小叫起来，问小玉对象是谁？是不是常来找你的那个眼镜？小玉不吭声，只是咪咪地笑。和峰相处一段后，她发现峰是一个相当刻苦的男孩，而且不做作，深深吸引住了自己。

他们几乎天天约会，学校到粮站，粮站到学校，总有走不完的路。有时待得晚了，峰的目光就很特别。小玉心里明白，怦怦直跳，却还是主动提出告辞，或者毫不留情地撵跑峰。

小玉是第一次织毛衣，快两个月才织好。峰要求试试，小玉就开门出去，又回头冲峰努努嘴，要快点，小心着凉。小玉躲在门外，雪下得正猛，她穿得单薄，就不住地跺脚，拢住双手吹热气。

再进屋，峰单穿了她新织的毛衣，说，正合适。望着挺拔的峰，小玉更感觉寒冷，她想峰的胸脯一定很暖和，于是就投了过去，峰显然很激动，手忙乱间碰到了不该碰的地方，他和小玉同时一惊。小玉拦住他，峰却用目光乞求。小玉终于抵挡不住，投了降。后来峰又赖着不走，小玉急了，说要是那样明天早上学生知道了，我还咋有脸当他们的老师？峰绷着脸穿上风雪衣，小玉赶紧把自己一条白围巾拿出来替他围上，用目光表示歉意，峰这才露出笑脸，踩着雪，咯吱咯吱地走了。

第二天早上进教室，见学生在议论一件事情，一个个还挺紧张的样子。小玉一问，说是昨晚学校东边路口轧死一个人，是个男的。小玉听了心里咯噔一下，没有心再辅导了，她丢下教科书就走出教室。见人就问，知不知道轧死的人是哪里的呵，都说不知道。一种不祥的预兆紧紧箍住她……等她气喘吁吁跑到出事地点，却一个人也没有，一辆拖拉机歪在路边，雪地上只有一摊殷红。

在往粮站的路上脚步开始踉跄起来，小玉感到周身冰凉。她拼命砸峰的门，没有一点动静。又砸，门猛然开了。

是峰！还穿着她昨天织成的毛衣，笑吟吟地望着她。"你早呵！"峰调皮地向她打招呼。小玉哇地哭出声来，抵住峰又打又捶，把头使劲儿往峰怀里拱，惹得人都跑出来，瞧是怎么回事。

峰急忙把小玉拉进屋，关上门。问小玉，小玉只是嘤嘤地哭，不回答。

峰终于弄清楚了是怎么回事，他一把抱住小玉，脸紧紧摩挲小玉的鬓发，口中喃喃着："好小玉，好小玉……"泪也热热地滚了出来。

留 言

洁留市里，雨却要分回县城。

雨的心一下子充满了悒郁。

晚上，雨去找洁。雨是一个留恋传统而又浪漫入骨的男孩。他喜欢黄昏的风，喜欢和洁一起弹唱老狼的校园歌曲，弹唱柳永、李煜词中飘扬的古典风月。在这即将分别的短暂时光里，雨是多么渴望拥有洁的一时一刻呵！谁知洁对着镜子把头发从发卡里掏出来，脸都没扭："对不起，我要和宿舍的姐妹聚最后一餐。"

雨心里一怔。多少次，自己站在女生宿舍楼下，洁听见喊声就从窗子里探出身来冲他挥手，有时手上还沾着肥皂泡便跑了下来。洁从来未拒绝过他，可是今天……回宿舍的时候，雨眼睛里多了一些沉郁。

第二天去找洁。洁又抱歉地说："今天不行，九五届老乡聚会呢。"

雨心里立即打了一串问号。为什么洁会拒绝他？莫不是洁在躲避？爱情真的会随时间淡化，也会被空间阻隔？

后来，他想出一个办法，明天去找洁，让洁在他的毕业纪念册上留言，爱与不爱，从笔端流露，洁会自然些。

又找到洁，洁说："我们柳苈诗社举行联欢……"雨直直地把纪念册递过去，说："给我写个留言的时间总有吧……"洁接过来，莞尔一笑，想一想说："现在不行——"又说："和我一起参加联欢吧。"也不问雨同意不同意，拉着他直奔小礼堂。

如果不是诗社社长——那个如尹相杰一样的憨胖男生拉着洁的手蹰来蹰去，

唱什么"恩恩爱爱纤绳荡悠悠"，雨是不会中途退场的。雨不知自己怎么了，竟会这样敏感和易伤。

雨走在丁香花弥漫的校园小路上，空气中飘荡着涌动的夏的气息，而他的心情却无比糟糕。他已经想好了，如果洁真的变心，他就会像《百年孤独》中克雷斯庇一样割破两只手腕，插入一盆安息的香水中……想到自己将要为爱而付出，雨不禁昂扬了一些。

这时，身后有人唤他，是他熟悉的声音。雨坚持不回头。

"你这个小心眼。"洁追上他，嗔他，将纪念册使劲摔到他怀里，"你怎么这么自私，要把时间全占去。你知道不知道，再过几天，同学们就要依依作别，天各一方，我真舍不得离开他们……"

雨不在意洁的嗔问，迫不及待打开纪念册："一个人的心灵电话——18596，永远，永远为你开通。洁。"

"心灵电话？"

"呆子！要把我久留。"洁咯咯笑着跑向小礼堂。

雨欣喜异常。这一夜，他在梦里一遍又一遍拨那个心灵电话，18596。

送你一束玫瑰

　　小鹿心里想：今天方会送花给我吗？

　　今天是情人节，果然是情人的节日。一上班，同事叶子的男朋友就捧来一束鲜花，叶子喜滋滋地用玻璃茶杯盛满清水，放花进去。叶子的小脸蛋溢满欢悦，送男朋友出去，两人在走廊里说了好一阵子悄悄话。小鹿见了，心里涌涌的，忍不住往窗外看了一眼。又一个叫梅子的女孩也收到礼仪服务生转送的鲜花，梅子把花儿小心地插进一只花瓶，水里还特意加了点盐，说这样可以让花多伴她几日。

　　一直到下班，小鹿也没见方的影子。小鹿轻轻叹了一口气，心想，他不会来了。

　　叶子和梅子一脸幸福地走了，两人临出门又无言地望了小鹿一眼。那眼神分明是关切和同情，小鹿却再也受不了这种折磨了。一股热潮涌上来，禁不住泪水吧嗒吧嗒落了下来。

　　"小鹿，小鹿——"

　　熟悉得不能再熟悉的声音从楼下飘上来，小鹿心头一喜，是方！读大学时就是这样，多少次，方站在女生宿舍楼下喊她，有时，她正洗着衣服，手上的肥皂泡顾不得擦就急切切奔向窗口，探出身去冲楼下摆手。方笑吟吟的目光迎着她下来，方不止一次告诉小鹿说她下楼的动作很有音乐感。此时的方仍是那样笑着，小鹿感到刚才的一幕和从前惊人地相似。方告诉小鹿今晚公司举行情人舞会，他是来接她去的。小鹿把手插进方的臂弯。方照例双手抄在兜里，眼睛盯着前方。

小鹿很喜欢方这副模样。"今晚我要送一束玫瑰花给你。"方说。想起花价那么贵，方的家境又……小鹿连说"不要"。

　　他俩赶到时，舞会刚刚开始。几个职员见他们的经理助理带着恋人进来，一起喊，要他俩献一支歌给大家。方没有推辞，对小鹿说："我先来，一会儿咱俩再合唱。"音乐如水般潺潺流过大厅，方双手擎起话筒，动情的声音弥漫开来："朋友们，在这美好的时刻，我把心中的一束玫瑰献给我的恋人。朋友们都知道我家境贫困，老母长年卧床，我的薪水全用在了家里。而今社会，几多拥贵抛贫，小鹿却选择了贫素的我，还用她的工资资助我读完了函授本科。我们的心贴得很近，我俩的爱比金石还坚。下面在我唱歌的时候，请男士配合一下，把打火机打着……"方的话音刚落，灯光就熄了，歌厅里一片漆黑。"噗——"一只火苗亮起来；"噗——"又一只火苗亮起来……一只只火苗闪烁着，大家尽力把手举得高高的。

　　"往事如风，痴心只是难懂……我早已为你种下九百九十九朵玫瑰……"方的歌声荡漾，小鹿的心早已醉了。再看那一只只跳跃的火苗，分明就是一朵朵怒放的玫瑰！霎时，小鹿的双眼溢满了热泪……

西装套裙

有一个女孩，喜欢穿西装套裙。暮春是一身淡黄，入秋是一身天蓝，素淡之中显出款款情致。女孩的品格也如西装套裙一样端庄。无论在公司，还是居住区，总有一些异性的殷勤和无端的关心，女孩每每以浅笑拒绝。

女孩家在农村，大学毕业后分进这座城市。她住着姑妈的单元房，姑妈一家去了南方做生意。平时少有亲戚朋友来往，至于同事，尤其是男性，女孩是断不肯带入家中的。唯一来往的是邻居张姐。张姐结过婚，又离了，带着一个男孩生活，提起男人，张姐便咬牙切齿："世上心最狠、最硬的就是这些臭男人！"张姐时常不无挂心地关照女孩："人世太复杂，你要学会保护自己。"

一天，女孩在街上碰到了一个小学同学，在报社做校对。小学同学是一个戴着酒瓶底似的眼镜比书生还书生的人。女孩并不讨厌他。女孩见过许多以书生气作掩护的男人，然而，他却是一个真正的书生。真正的书生进了女孩的家，女孩没好意思拒绝。但是女孩只关了防盗门，房门却开着。窗帘也拉开了，女孩心里却立即敞亮起来。书生咕咚咕咚喝着开水，不时用手顶一下眼镜，很激昂地谈着读过的书和他的写作。女孩读过他的散文，他的文字中的真诚曾经使女孩感动过。九点一刻的时候，女孩开始不住地看表，谁知书生对此茫然不知，依然滔滔不绝，大有把屋子坐穿之势。女孩只好无奈地微笑。

第二天，张姐问女孩："昨晚有一个男人来找你啦？"

"嗯。"

"坐过了十一点？"

"嗯。"

"你知道给你造成了什么影响？人家都议论开了，说你昨晚跟一个男的……窗帘还忘了拉……"

女孩听了，很气愤。她回到屋里，生着气，一眼瞧见了敞开的窗帘，气得呼啦一下拉上。怔了一会儿，又找来几只图钉，把布窗帘狠狠钉死在窗棂上。

谁知又引起了议论："现在好了，无须和一个男人坐过十一点了……"

这些话都是张姐告诉她的，女孩自然很相信。她不由得恸哭。之后，悄悄搬离了那个居民区。以后的日子里，女孩像一只受伤的小鸟一样，开始变得沉默和悲伤，她把西装套裙一件件洗净熨平，放进了箱子。

一个偶然的机会，女孩在书市遇到了张姐。张姐一把拉住她，歉疚地告诉她："你怎么就悄悄搬走了呢？你知道不知道那些谣言是假的，都是我……"女孩听了很吃惊地望着张姐。

"我见一个男人在你屋里坐了那么久，很不放心，替你揪心了一夜。我想来想去，就想出了这个办法。想用谣言在你心里筑起一道篱笆，让你清醒，让你自己保护自己。可是我知道这些假话深深刺伤了你，你能原谅大姐的狠心吗？"

张姐殷切地望着她。女孩渐渐从伤痛、愤懑、惊诧中抬起眼睛，说："伤害也是一种爱护呵！"女孩握紧了张姐温热的双手。张姐知道女孩原谅了她，高兴得像个孩子一样抱住了女孩。

"为什么不穿西装套裙呢？"张姐指着女孩的衣着问。

"穿，明天就穿。"女孩也感到自己声音里的欢快。

特殊的照片

那时候家里穷，我们姊妹又多，生活便跟不上人家。妈是个刚强的人，老是教导我们要有志气。我们几个从小也就懂事，跟着大人到别人家串门，从不要人家的东西，人家给东西吃，我们说啥也不接。

可是，我们也有"眼乞"人家的时候。邻居四清哥在外地当兵，寄回一张照片，还是带色的。我们见了，嘴里不说，心里却一个个羡慕得要命。这年冬天，大姐出嫁，终于有了这么一次机会。她把结婚照拿回家，我们几个弟妹便也吵吵起来。

"妈，俺也要照相！"

"乖，都听话，等长大了……"妈一个个抚摸我们的脸蛋，哄我们。我们很信妈的话，开始盼望早一天长大，早一天获得照相的资格。我一连做了好几回梦，梦见自己一下子成了大人，还穿上绿军装。

很长一段时间，照相成了我们最大的希望。

这天，二哥放学回家，挺神秘地拉起我和小妹："走，照相去！"

"真的？在哪儿？"

二哥把我们领到了村头的河滩，他手脚并用，不一会儿便把一大片沙地弄得平平整整，然后命令我和小妹平着躺下。我轻轻地闭上了眼，立即觉察到有一只手挨着我的身子飞快地划拉起来，痒痒的，怪舒服……

"好了，都起来吧。"二哥小心翼翼地把我们拉起来，指着地上说："看，这就是你俩的相片。"

地上是两个和我们一般大小的轮廓，二哥还特地在我的轮廓上多画了一丁点。

我和妹妹都开心地笑了。

我们三个人雀跃着跑回家，告诉妈我们今天照相了！一家人听了咯咯笑个不止。

妈也在笑。一边笑，一边用袖角抹眼泪。

风 筝

小艳三岁那年，爹去了。娘几番哭死过去，泪干了，就显得呆痴了许多，紧紧搂着小艳，生怕被人抢去似的。后来大队照顾娘去副业组做工，小艳没人带，送到姥姥家。一有空，娘就跑去逗小艳玩，每次离开，小艳都缠着她不让走。哄了又哄，小艳还像一只小鸭一样在后面摇摇摆摆地撵。也有不撵的时候，一定是小艳跟别人家的小孩玩昏了头，娘喊她也不理会。娘很伤心，对小艳姥姥说："小艳跟我没感情了……"说着说着，泪就挡不住了。

后来小艳念书了。娘不放心，正做着针线或是正在地里干着农活儿，一想起小艳，放下家什就往学校去。小艳正上着课，玻璃上便映出娘的脸和一双探询的目光，只一闪就没了。读完小学还要到乡里读初中，娘舍不得她去，不让她再上了。二舅知道后，跑来嚷娘："你想耽误孩儿的前程不是？你是真替她着想还是假替她着想？"娘像做了错事一样，不知道该说什么好。小艳懂娘的心，就偎住娘，小声说："娘，俺不念书了。"娘却信了二舅的话，噙着泪给小艳拆洗了一床干净被子。

小艳星期天回来，娘捧着她的脸：念书念瘦了。娘去鸡窝里摸来带着新鲜血丝的鸡蛋，给小艳做荷包蛋。一碗水卧两只鸡蛋，淋上小磨香油和土蜂蜜，小艳稀溜稀溜地吃，隔着热气腾腾的白雾，与娘一双殷殷切切的目光相碰，小艳甜甜地唤一声"娘"，娘笑笑，点点头，仍是那副放心不下的样子。小艳懂事早，读书格外用功，中招考试的时候，小艳被一家中师录取了。

娘高兴得请人来村里放了两场电影，村里人见了面都说闺女考上了大学，小艳娘熬得值当。娘回家学给小艳，小艳给娘纠正说不是大学是中师，娘不听，说："啥师不师的，你这个大学生别给娘咬文嚼字。"入学后，小艳给家里写信，说了她怎么到学校，怎么买饭票和同学睡上下铺，第一学期上什么课……家里的信是二舅写的，小艳一看就知道不是娘的原话，二舅把娘说的话都写转了。中秋节小艳打算回家看娘，却让几个同学硬拉着去郑州玩了。没想到二舅寻到学校，给她送来两斤月饼，告诉她："八月十五你没回，你娘想你都想哭了。"听了二舅的话，小艳眼睛潮润了。

第三个寒假回到家，小艳仍像以往一样和娘睡一个被窝。熄了灯，娘儿俩有说不完的话。小艳给娘讲外面的世界，讲完了让娘给她讲故事。娘说："俺有啥故事讲的？""讲小时候的故事呀……"小艳缠着娘给她讲小时候的童谣，娘讲着，她也跟着讲，最后也闹不清谁是讲故事的，谁是听故事的啦。小艳给娘说了实习的事和分配的事，娘的心一下子揪了起来，问："毕业了你去哪儿？""当然往城里去啦，要不争取留校。"小艳说了自己的真实想法，娘却一声不吭背过身睡了。小艳听见一声轻轻的叹息。

第二天醒来，娘在生火，小艳猛一挨娘的半边枕头，竟全湿了。小艳一下子明白了。吃过饭，小艳跟着娘去锄草，故意拣一些学校的趣事讲给娘听，娘却不吭声，弓着身子只管锄草。小艳看见娘不小心锄倒了几堆麦苗，知道娘有心事。

这时，不远处传来一阵雀唤，小艳和娘住了锄，见是几个小孩在放风筝。一只风筝在他们头顶越飞越高，小孩们撒着欢地叫喊，跟着风筝疯跑。小艳和娘也仰头张望那只飘飞的风筝。

"飞得真高啊！"小艳望着风筝说。

"飞飞就飞不回来啦！"娘瞅着小艳说。

小艳一怔，想了想对娘说："飞得再高，也有一根线系着她的心哩……"没说完，小艳忽然禁不住惊喜地指着不远处放风筝的小男孩唤娘："娘，你瞧！"娘望过去，那个小男孩正飞快地往线砣上缠线，风筝被一点点拽回来……娘瞅瞅小男孩手里的线砣，瞅瞅天上的风筝，又瞅瞅小艳，终于笑了。

替 身

秋日的一个下午，南村镇高一（2）班全体同学怀着好奇的心情前往"影视村"——郭亮村——看拍电影。带队的是班长宋小华，他穿着妈纳的千层底布鞋走在前面，衬衣下摆很整齐地扎进裤子里，只是裤子前边缝了一个圆圈补丁。同学们都知道他的家在山那边，是一个穷得兔子不拉屎的地方，父母却要供他兄妹三人上学。虽然贫穷，宋小华却有志气，学习成绩好，又乐于助人，同学们都很喜欢和他在一起。

宋小华领着同学们说笑间到了郭亮村。这里山清水秀，翠竹盎然，风景煞是可人。前几年，著名导演谢晋在这儿拍了一部《清凉寺的钟声》，小村一下子出了名。当地政府适时开发，郭亮村成了远近闻名的旅游点，也富了一方村民，瞧：开饭店的、卖山货的、照留念相的……宋小华心里羡慕极了，家乡要是这样，爹还用生着病跑几十里山路做小本儿生意？家门口摆个摊儿就中了。

今天拍的是一部抗日片。大家赶到时，正在拍鬼子进村的一场戏，雇用了不少当地群众演老百姓，大家挤着、说笑着。一个贴着仁丹胡子的"日本军官"猛地描出战刀哇啦哇啦大叫起来，一队"日本兵"端着明晃晃的刺刀围住了"老百姓"，机枪架起来，烽火也燃起来，场子一下静了下来。导演一声"开拍"，大家的目光都集中到那个被反绑双手吊起来审问的"老百姓"身上，"老百姓"的替身是一个五十来岁的农民，衣裳被弄得脏不拉叽，脸上涂了几条血道道。"日本军官"上前"啪"一巴掌却实实在在落在了替身脸上。再演，又笑了，导演骂了他几句，重来，"日本军官"黑着脸又狠狠一巴掌打过去，继而又一刀柄砸下来，那个替身疼得不由得直吸冷气。导演大叫一声，"成功了"。看完这一幕，同学们都紧张得不得了。旁边一个热心的当地人告诉他们：替身是个卖炒花生的外地人，吊一回挣五十块劳务费。宋小华听了，眼里竟蒙了一层东西。

戏继续往下演。小华碰了碰身旁的学习委员，说还有几道代数题要做，就先回了。

晚上，同学们在宿舍又兴致勃勃地谈起白天拍电影的事。一个同学说："今天算开了眼界，原来下雨是用消防车喷水……"另一个说："还有更高级的，听说大楼倒塌、飞机爆炸都用电脑制作的……"宋小华接上话问："替身能不能用电脑制作？"那个同学摇摇头，说不知道。

话题自然又扯到那个替身身上。大家告诉宋小华，说那个替身被"松绑"后，手臂半天才能动弹，导演给了他两筒饮料，他舍不得喝，问折成钱中不中？导演让他喝了，还加了十块钱给他。宋小华听不下去了，他从床底下抱起篮球，说练练"三步上篮"。

来到操场，宋小华面朝家的方向站定，轻轻喊出了声："爹，您受罪了！儿一定好好用功，考上大学，儿知道您盼俺有成色呢。爹，求求您别再挣这受罪钱，俺知道您是为儿……"

宋小华的话句句发自心底，却被眼泪淹没了。

自行车上的恋爱

那个时候，自行车在村里可算稀罕物，从东头数到西头，再从南头数到北头，也就四五家。数我家最新，牌最亮，“永久”二八车。爹很爱惜车，每次骑罢都要仔细擦净，然后用塑料布包好搁到楼上，村长来借也不让骑。爹说等我考上了高中让我骑。我还真争气，不但考上了，还是县一中。家离县城少说也有五六十里路，可我不嫌累，第一个星期就回了家。路过乡高中，碰见了我的初中同学秋菊。秋菊家没车，来回七八里路，她就靠“11 号”车了。我打了一串铃，冲秋菊喊：“捎你回家吧。”秋菊很高兴，也不客气：“省得我跑得腿疼。”她是第一次坐车，我骑车技术也不行，一扑，便把车扑倒了，跌进了沟里。我的裤管湿了，车也挂了一堆水草。再看车把，歪了，我双腿夹住前车轮正车把，心疼地斥秋菊：“轻点上吧，你恁大劲儿咋哩？”秋菊恼了，一噘嘴：“骑个破车有啥了不起，八抬大轿请我也不坐了！”说罢把书包往身后一甩，哼着“军港的夜啊”自顾自走了。我也很恼火，弄坏我的车，你还有理了？还当自己是白雪公主啊？不坐还不带你呢！我骑着车从她身边经过，故意打了一串铃气她。秋菊在后面抡着书包冲我喊：“让铁钉把你车胎戳崩！还得跌进沟，把你门牙跌掉！”我不管她怎样咒，依然打着铃气她，心说天黑你也到不了家，该！

第二天返校，走到村口，我一下子想起了秋菊，昨天的事……我觉得对不起她，于是就在村口等她。不一会儿，秋菊一蹦一跳地来了，胸前胸后搭了两大包东西。秋菊不理我，我追着她求她坐我的车。一直走了二三里，她还没吭我一声。我急了说：“中招考试第二道几何题不是我事先猜到告诉你，你能考上高中？”

秋菊听了"哼"一声:"我叔从省里寄来的《中招模拟试题》,全班我可只让你一人看了,老师都不知道。"秋菊一开口,也就是原谅我了。为了弥补昨天的过失,我提议秋菊可以用我的车学骑车。秋菊高兴得一蹦三尺高,从包里摸出一只煮鸡蛋,皮都没剥净就塞进了我的嘴里,算是对我的感谢。噎得我半天没上来气。

之后,我几乎每星期都回家,秋菊也总是在老地方等我。可是一近村口她就跳下车,我们俩都害羞呢,没有勇气一齐进村。一晃三年过去了,我考上了本科,秋菊考上了专科。家里很高兴,为此放了两场电影,《喜盈门》和《咱们村的年轻人》,片名我记得很清。第三夜,赵习拐家也放了一场电影,原因是他家的小花驴产下一对"双胞胎"。我很恼火,把下驴驹和考大学相提并论,我感到受了很大侮辱。秋菊家也要放电影,我把这番理论一讲,她家立即改变了主意,就请县说唱团的老潘来说了两场书。

头一个寒假回家,才半年时间秋菊仿佛换了一个人,眉还是那眉,眼还是那眼,脸还是那脸,可味却整个变了。"漂亮!"我生平头一次感到了这两个字的存在和逼真。秋菊见了面就给我一拳:"咋不给我写信呢?"我也回了她一拳:"你也没给我写呀?"于是,我们约定,再开学后开始通信,一月至少两封。娘也发现了秋菊的变化,说:"真是女大十八变,要是能给咱小辉当媳妇……"大年初一,秋菊来拜年,娘拉住她的手不放,问长问短,最后竟将五元钱塞在秋菊手里。我们这里的规矩,只有未过门的媳妇才给钱。秋菊明白了娘的意思,一下子红了脸。好几天都没见着秋菊,她在街上见了我家人也躲着走。娘很后悔,说把这事办砸了。该返校了,秋菊忽然来找我,要我第二天跟她去县城玩一天。我不知道她葫芦里卖的什么药。

我们先逛了几家百货商店,中午一人吃了一碗"老杨烩饼",又看了一场电影,台湾片《汪洋海上一条船》,我和秋菊流了不少泪。回家的路上,我带秋菊一会儿,秋菊带我一会儿,秋菊还给我唱了一首新歌,苏红的《我多想唱》。村子越来越近,我们的车速却越来越慢。我装出吃力的样子使劲蹬,却蹬不出速度,我埋怨:"车胎气不足了。"秋菊跟着附和:"前后连个打气的也没有。"其实她是睁着眼说瞎话,我们刚过一个路口,电线杆上挂了一个大铁牌,"修配站"三个字要多醒目有多醒目!这时天色已经似黑非黑了。

我们谁也不说话,车子很不情愿地拐上了进村的土路。秋菊忽然在后边搂住了我的腰，她的脸轻轻贴在我身上。后来又离开我的身，顺着我右侧探过来，她的左手紧紧搂着我。"小辉"，一声轻唤，我低头，看到一张似红非红的脸，一双似颤非颤的唇，那葡萄般晶莹的眼睛忽闪忽闪，仿佛天上的星。这一瞬间，我读懂了她的星语。我腾出右手，轻轻搂住秋菊的脖子，轻轻向上拉近，我垂下头，把自己的唇贴在了秋菊滚烫的唇上……天已经全黑了，我一颗心却澎湃不已：

　　我居然在跑着的自行车上完成了和秋菊的初吻！我发誓，我们从没演习过，也从没受过电影或者别人的启发！

抬新娘

三十五岁上下的男人身上迸发的那种魄力是很吸引人的，特别对那些情窦初开的女孩子。一旦爱上了便发疯发狂，全然不顾。小洁和大郭，就是这样一种情况，但大郭拒绝了小洁的多情。在咖啡厅里，小洁跪在大郭面前，用眼泪诉说自己炽热的不能把守的爱情："我不能没有你……"

大郭摇头："我有老婆和儿子。"

"我不在乎！我只要你爱我……"

唉，女人一旦和爱情沾上边，要么聪明，要么疯狂。大郭不知道该如何扑灭小洁心头不该燃起的这团火，他对小洁说："我很爱我的老婆，老婆也很爱我。"

"爱是可以转移的！我的爱会让你获得更大的满足和意想不到的幸福！你老婆的爱，小巫见大巫，滚一边吧……"

这个女孩真是要燃烧起来了。大郭正一筹莫展时，手机响了。老婆打来的，问他怎么上班时间不在办公室？大郭心腾腾了一下，回答说："我办点事一会儿就回去。"老婆又说："咱家客厅的开关绳断了，咱们下班后抬新娘？"大郭回答："嗯，抬新娘。"关了手机，一脸幸福的笑。小洁在一边听见了，问："啥叫抬新娘？"

大郭说："抬新娘就是……"忽然打住了，他有了主意，就对小洁说："你把咱办公室的录像机拿出来，我录给你看。"小洁一脸不解。

这天，大郭先老婆一步进了家，把录像机选了角度支好。这时门嘭嘭响了，大郭问："谁？"门外答："张惠妹！"开了门，"张惠妹"嘻嘻笑着进来，问大郭：

"儿子还没回？"正说着，门嘡嘡又响，他俩会心一笑问："谁？"门外答："刘德华！"开门进来的是他们十五岁的儿子。大郭朝墙上的开关努努嘴，儿子立即明白了，欢呼道："抬新娘，抬老爸！"大郭找来灯绳，老婆和儿子蹲下来四只手交叉一搭，大郭跨上去，老婆儿子齐"嗨"一声站了起来。大郭在上边干活儿，老婆儿子在下边唱："抬，抬，抬新娘，新娘梳了两条辫；抬，抬，抬新娘，新娘蒙了一块布……"唱着唱着，儿子问："接好了没有？"大郭回答："好了。"儿子冲他妈一挤眼，两人齐唱："抬新娘，新娘跌了个屁股墩……"一松手，大郭叭叽一下跌在地上。开心的笑旋即溢满了客厅。

……这笑声深深刺疼了小洁的心。她看完录像，大郭告诉她："最早的时候，是我们抬儿子玩，这两年，儿子长大了，特别有力气，就和他妈抬我玩，或者和我抬他妈……有一次，我往墙上打钉挂镜子，没有梯子又找不到高椅子，这时儿子灵机一动，说咱们'抬新娘'。就这样，以后，我们家接开关绳、打钉、换窗帘布，都不用梯子凳子。'抬新娘'成了我们一家三口的固定节目，如果我离开这个家，墙上有活儿了，没了我，她娘儿俩该伤心成啥样？我想都不敢想。"小洁低下了头，大郭又说："这样温馨的生活，哪个男人愿意背叛？你呢，会爱上一个背叛幸福的男人吗？"

小洁嘤嘤地哭了，双手捂着脸，离开了这个给她讲"抬新娘"的男人。

香胰子

　　三菊当年又俊又俏，是个出众的姑娘。俊是长得好看，那腰身、那眼睛，一走一动一回眸，全带出来了。俏是会打扮爱干净，她娘说俺家皂角树上一半皂角都让闺女用了。三菊俏归俏，却正派，从不跟男人说不三不四的话。村人都说：三菊不找个好婆家才亏呢。

　　说了几个对象，三菊一个也没答应。媒人说：这闺女心性高着呢。三菊也不知道自己未来的对象是个什么模样，反正见过的那几位都不称心。媒人又给她介绍了一个，叫张天才，在公社机械厂上班。媒人说，这个再不中，往后俺就不给人说媒了。

　　见面这天，张天才骑了一辆"飞鸽"自行车，三菊心里不由一喜。那时候，全村才有几辆自行车？大队会计家有一辆，金贵得不得了，每次骑过都用塑料布包扎起来搁到楼上，支书借都不肯。三菊隔着门缝儿往外瞧，见张天才浓眉大眼，体格匀称，穿了一件干净的涤棉布上衣，很精神，心里又是一喜。张天才进了屋，把衣物搁到方桌上，在媒人引见下，先向三菊爹问一声"好"——鞠一个躬，又向三菊娘问一声"好"，鞠一个躬，最后大大方方冲三菊伸出手，要和"三菊同志"握个手。三菊害羞得伸不出手，心里却再一喜。有了这三喜，这门亲事就有了七八成。

　　正式见面这天，两人换了小八件，张天才给她带来一条劳动布裤子和一块香胰子。当时兴劳动布裤子，就像后来兴喇叭腿裤和牛仔裤一样。劳动布裤子还要在屁股上和膝盖处打补丁，也算一种时髦，这都是在外工作的人穿的，还有香胰子，村里人都没用过。三菊说："俺咋好意思用？"张天才鼓励她："思想咋恁不解放？兴工人穿不兴农民穿？再说你又不比她们长得差……"三菊一颗少女的心让张天才鼓动得鲜活起来，整天都想唱点什么。不过，她还是没有勇气在村里穿，只是去机械厂找张天才偶尔穿一次，那块香胰子也一次没用过，她怕姐妹们闻见她脸上的香味说她闲话。

结过婚，张天才上班，三菊在家挣工分，日子很美满。有了小孩，乡下不兴叫爸爸，除非是在外工作人员，张天才有这个资格，三菊心里平添了不少自豪。可是后来，他们的日子发生了变化。机械厂倒闭后已经回家种地的张天才却是地种不好，生意也不会做。他家的日子跟不上当代农村的节拍，距离越拉越大，慢慢成了下中等，中间一连几年，两口子竟没钱添新衣裳，三菊当初的优越感早已荡然无存。

那年违反计划生育政策生下第三胎，要缴纳三千块社会抚养费，三菊愁死了。晚上，村里建筑队工头老曹突然来串门，说三千块算个屁，我包了。喜从天降，三菊感激地说："天才在你队里干活儿，现在又借钱给俺，该咋谢你？"老曹一扬头："借？这三千块给你就不用还了。"三菊说："那咋中？"老曹不怀好意地笑了："啥中不中？像大妹子这样俊的人，三千块还不值！"说着就拉三菊的手，三菊往后躲，老曹一下子扑上来抱住了三菊。这时三菊反应过来是怎么回事了，她抽出手照老曹脸上就抓，只一下抓出五个血道。老曹被骂了个狗血喷头，灰溜溜跑了。后来，张天才从工地上拿回来一千块，说一半是工钱，一半是老曹借给他的。三菊啥也没说，偷偷往县里血站跑了两趟，把老曹的钱还清，不让张天才在建筑队干了。

张天才也只会出死力，又去煤球厂打小工，脊背早弯了，全没了当年的光彩。他对三菊好起来真好，生起气来却不分轻重地打。有一次，拿一根木棍打三菊，木棍断成两半，三菊也差点没了气儿。三菊气回了娘家，邻居都说，这回三菊不会再跟他过了。谁知没过几天，三菊又回来了，还揣了娘家哥给的两千块钱说要养鸡。张天才心里有愧，拼命地干活儿，想多挣几个钱。三菊心疼他，给他用鸡蛋补身子，一碗水冲五个鸡蛋。

他们的日子也硬是一日日殷实起来。今年，儿子征上了兵，女儿也定亲了。那天，女婿上门，女儿爱理不理的样子，三菊责怪女儿，女儿说："瞧他那土头土脑的样儿。"三菊笑了："比你爸还土？"女儿也笑，又问三菊："爸恁没成色，你咋跟了他？"一句话，把三菊说了个怔。是呀，自己咋就死心塌地跟了他一辈子呢？

过几天，三菊翻箱晒棉衣裳，从箱底翻出一个塑料包，抖开，是一块用草纸包着的香胰子。细一看，竟是当年张天才送她的那块"中州"牌的！三菊眼里一下子盈满了泪水，女儿的提问可以回答了：是这块香胰子，叫妈年轻过。

名 字

男人和女人是一对情人。

两人经常在女人家里幽会。女人的丈夫在海南做生意，剩下她一个人，空穴来风的事也就有了可能。更主要的是，十年前，女人曾经暗恋过男人，还为他写过一本带泪的小诗。那时，女人是一个业余作家，男人则小有名气，女人悄悄爱上了男人，做过无数次令人脸红的梦。然而，此梦悠悠，十年后，女人的丈夫为她张罗出版了一本诗集，在诗集发行式上，男人作为特邀嘉宾应约而来。之后的事情也就发生了。

女人很羡慕那个成为男人妻子的女人，当年，她就猜想甚至嫉妒过那个女人。她很想知道，那个女人是干什么的，又是一副什么模样，究竟凭什么魅力吸引住了男人。女人问男人，男人摇摇头，说你问这些有啥用？女人却坚持要问，弄得男人很不高兴。

后来女人弄清了男人的住处，萌生了一个念头，要去男人家里看看。她把自己的发型弄乱，梳成两条短辫，找出一件旧衣服换上，打扮成一个中学教师。如果男人的妻子问她，她就回答自己是一个文学爱好者，前来拜师的。她想象不出自己的突然降临会使男人如何大吃一惊，真逗！

于是，她在一个黄昏来到了男人家楼下。

几个六七岁的小男孩正在弹溜溜球，女人弯下腰拍拍手，小孩们立即停下来。女人向他们打听男人的住处，几双黑亮黑亮的眼睛相互瞅瞅，问：她打听谁家？一个小男孩站出来，一挺胸说：我家！是我爸爸的名儿。

　　女人一看，这个小家伙还真有男人的轮廓。女人欢喜地拉住小男孩的小手，问：你叫什么名字？旁边几个小家伙抢着回答：他叫赵爱郭！女人觉得小男孩的名字挺有意思，又问他为什么起这个名字？小男孩挺能说：爸爸姓赵，妈妈姓郭，爸爸爱妈妈……女人听了，心里突然沉了一下。

　　正要上楼，小男孩忽然挣脱女人的手，"妈妈，妈妈"叫着跑开了。女人一看，小男孩奔向了一个年轻的女人。这是一个与众不同的女人，只一眼，女人就发现了她脸上的自信和从容。年轻妈妈伸出双手，小男孩跳入她的怀中，脏兮兮的小手勾住年轻妈妈的脖子，然后甜甜地亲她，无言地……望去，就像果子悬挂枝头一样。

　　小男孩亲完妈妈说：有阿姨找爸爸！

　　女人已经悄悄离开了。她一边走一边默念小男孩的名字，"赵爱郭，赵爱郭"，一种深深的疼碎在她的心房，弥散开来。

　　后来男人又去找女人，女人拒绝了他。

　　再后来，女人和丈夫一起去了海南。

借 鱼

　　豫北乡下缺鱼，河床干涸，偶遇一摊浑水，打捞半天，也不过几条指把长的鱼娃。若捞出一条扑扑腾腾斤把重的，就算大鱼了，一村人都来看。在众人羡慕下，用草棒穿了鼻子，拎着回家，后面能跟一堆人。此时，捞鱼者比村长还有魅力，众人争着跟他搭话：

　　"别一顿全吃了，头剩下，熬鱼头汤……"

　　"开剥时把鱼鳃掏出来，要不一锅汤都苦了……"

　　到了家门口，众人不好意思再跟进去，伸长了脖子瞧捞鱼人在院子里忙活，磨一把剪子，又磨菜刀，鱼在脸盆里扑扑叽叽，溅了水花出来。小孩们无畏，跟进去瞧剖鱼，等着抢鱼水泡。众人牙根就有些痒，一边回一边低声骂："咋让这狗日的捞了去！"

　　鱼这么稀罕，自然成了招待客人的一道重要菜。

　　那一年，我们家盖房，匠人是很关键的，每天除了吃饭有人陪，还一人发一盒烟。上梁的日子快到了，匠人们和娘开玩笑："老嫂子，上梁给俺们做啥好吃的？"

　　娘正做着打算，到那天要给匠人办一桌席，啥菜啥酒，就报了几样。

　　匠人们又问："有鱼没有？"

　　娘肯定地回答："有。"

　　匠人们听说有鱼，眼睛里立即放出光来，干得更有劲儿了。匠人老黑站在脚手架上砌墙，生怕砌歪了，稍有点不平就重新返工，认真得很。一个徒弟把一块砖的光面朝里毛面朝外，被老黑骂了个狗血喷头，斥他："主家还让咱吃鱼呢，你垒这样的毛墙，不怕鱼刺卡住喉咙？"

上梁那天，在院里砌了新锅台，几个本家嫂也来帮娘做饭。匠人们干着活儿，眼睛很关心锅台这边的事，不时有人忙里偷闲过来说几句话，临走捏一片刚炒好的肉填进嘴里，边嚼边嘱咐："鱼呢？可不敢忘了！"娘笑吟吟地请他们放心，说做早了还不凉了，最后一道菜做鱼。

快要上梁了，娘吩咐我去抓钩婶家借鱼，说前几天就和抓钩婶说妥了，抓钩婶还拍着胸脯保证：一辈子盖几回房，借鱼的事包我身上了！娘塞给我一把糖，说咱上梁也是喜事，给你婶带个糖！到了抓钩婶家，抓钩婶正在忙着炒菜，家里支了酒场，我一看，客人认得，是她娘家爹。我从兜里往外掏糖，扑扑嗒嗒放在她家案板上，我说："抓钩婶，俺娘让俺来借鱼……"

抓钩婶瞅瞅案板上的糖，生出一脸歉意："跟你娘说，真巧了，俺娘家爹来了，俺能不给他做顿鱼？"

我空手而回。到家一说，娘立时慌了，额头上冒出了汗珠，急得一个劲儿用围裙搓手，说："这该咋办？这该咋办？"鸡蛋炒煳了也不知道。一个本家嫂抢过铲子翻鸡蛋，提醒娘："活人还能叫尿憋死，再去借借呗，听说东北角赵肉蛋家也有……"

娘眼里闪出几丁火星，也不敢支我，她亲自去借鱼。一溜小跑到了东北角，赵肉蛋家只一句话："你来迟了。"原来一个邻家给小孩过"满月"，借走了。娘一听就傻了，今儿说好了要办一桌席，匠人们都知道有鱼，这该咋办？为了弥补这突如其来的歉意，娘想了想就拐进供销社买了两听罐头，一听香辣素肠，一听油炸鲫鱼。也算有鱼了，娘自我安慰。

上梁要唱上梁歌，还要扔"剽梁糕"，匠人老黑端了盛满小馒头、花生、核桃、大枣和糖的木斗，一边上梯子，一边唱上梁歌，还东一把西一把地扔"剽梁糕"。落向哪儿，人便往哪儿聚，拥挤着抢"剽梁糕"。免不了踩烂鞋被推搡个跟头的，却不恼，上梁是喜事不能恼。老黑抱着空木斗下来，有几个娘儿们埋怨他：喊疼了嗓子也不见扔一把，一个劲儿往东头扔，是不是老相好在东头？老黑在人家屁股上捏一把，说了句什么，几位娘儿们笑作一团。老黑放下木斗去洗手，准备吃饭。

娘一颗心揪了起来。

果然，老黑喜滋滋上了席，捋胳膊卷袖准备大喝一场。当他知道没有鱼后，脸一下子耷拉下来。匠人们都不说话，只喝闷头酒，任凭怎么劝，一个划拳热闹的都没有。娘就背过脸去用围裙擦眼睛。

没有让匠人们吃上鱼，匠人觉得主家看不起他们，当天下午都黑着脸干活儿，一个个像是欠了他们二斤黄豆似的。用瓦封顶时，他们故意留了一片瓦不上泥，干砌。一下雨，水便会从这片瓦里渗进去，第二年秋天，家里的房就漏水了。

当时我还小，拿了脸盆去接水，听大人讲这是匠人故意难为我家的，心里就纳闷：不就是一只木鱼嘛，又不能真吃，还用动这么大火气？因为我见过抓钩婶家的鱼，用枣木刻成的，放在盘子里，招待客人时把做好的各种佐料浇上去。客人还真模真样地拿着筷子在上面叨几口，夸主人手艺好：味不赖。

七能人

付庄小，才几百口人，大庄的人提起，总是那句话：哼，付庄？一铁锨就铲走了。庄不大却出能人，一年一个，跟中央电视台春节晚会出明星一样。年前，赵小亮跟他表哥从越南芒街倒回一批塑料盆，一毛五一个，运回家才合两毛，一下子发了。赵小亮也一家伙成了庄里的六能人，过年一家五口硬是吃掉一整头猪，院墙角堆起恁高一摞空酒瓶。庄里人从他家出来都啧啧：日，我日。

过了年，赵小亮把没卖完的盆拿出来继续卖，开凉菜铺的光明凑了来，问多少钱一只？赵小亮说一块一只。光明一嗤鼻："屁，谁不知道你一毛五进的，乡里乡亲的，还这么黑？"赵小亮有些不好意思，摸出一根烟递上："进价低不假，开支大呀！运费、关税不说，还要请吃请喝……你说说，你说说。再说咱的盆也不孬，随便摔打都不崩，一块钱算贵？供销社卖一块半呢！"

说着，赵小亮拎起一只盆在胸前双手一箍，圆盆变成了扁盆；又反扣到地上让塑料盆屁股朝天，抬脚踩上去，塑料盆屁股立即陷了下去。收起脚，马上恢复了原形。赵小亮拎起让光明看，有没有踩坏？光明服了，掏出一块钱，说拌凉菜的那只盆崩了换一只结实的。要走，赵小亮又摸出一根烟，问：

"去年生意咋样？"

光明摇头，说："巴掌大一个庄三家卖凉菜，你说说生意能好到哪儿？也就是顾个零开支。"赵小亮去了一趟越南，自觉见识宽了，开导光明："竞争，你死我活的竞争！低价，低价就是硬道理，把那两家竞争死！"光明点着头，心里却说，人家没死说不定我先完蛋了。

仔细一想，又觉得赵小亮的话有道理。光明回家和媳妇商量了两个晚上，最后决定把价落下来。"落多少？"媳妇问。

"啥价进啥价卖，一分不挣。"光明下了决心。

一试，生意真的好了起来。那两家却不愿意了，寻上门来不依光明："啥价进啥价卖，有这样竞争的？"光明是个蔫人，平时人家踢他个响屁股也不敢还手，这会儿更蔫了。媳妇又是搬凳又是找烟，赔不是，给人家解释："年头进的老货，再不卖就酸了，才……"人家信了她，临走扔下一句话：只准这一批，进新货敢低价卖，小心把门给你封了！

光明却一直低价卖了下去，那两家没再寻上门来，却雇了庄里几个孬货夜里把光明家里的窗玻璃砸了，还扔进当院一只死小猪。

都说光明这回肯定要把价格提上去，庄里人很惋惜，说以后吃不上便宜凉菜了。谁知光明领着媳妇把玻璃安上，价格照常不变，还进城用电脑刻了几个彩字贴在玻璃上：低价凉菜，方便实惠。差点没把那两家鼻子气歪！

那两家只好也啥价进啥价卖，可不久再也坚持不住了，先后关了门，又心不甘，寻上门来问光明：以后会不会提价？光明搬凳子找香烟，说："咋会呢，低价卖就是想把铺里的烟酒带一带，赵小亮说这跟城里超市的捆绑销售差不多！"那两家心说，赵小亮这个王八蛋去一趟越南真能干了不成，又跟光明下命令：敢提价，有你的好看！

光明还是一直低价卖了下去。

不知不觉又到了年底。年三十晚上一直到十二点才关门，媳妇坐床上算账，算算一年来的亏挣："他爹，不挣钱干一年，明年还按进价卖？"光明不吭声，却把年初买赵小亮的那只塑料盆洗了一遍又一遍，用抹布抹净了晾在桌子上。媳妇一边嘀嘀按计算器，一边问："他爹，你洗那盆干啥？"光明还是不吭声，又去准备供品和供香，老辈人的规矩，大年三十要烧香敬神。这时，媳妇忽然在床上叫起来："他爹他爹，你快来看——"

原来媳妇一算账，竟挣了万把块。她不信，又嘀嘀合了一遍，还把存折找出来对了对现金，不错，一点不错！媳妇吓得大气都不敢出，瞪着光明："你不是偷了人家的钱吧？"

光明扑哧笑了，让媳妇把心放肚里，说那钱都是靠卖凉菜挣的。媳妇不信，问："啥价进啥价卖，哪来的利？"光明指一指桌上那只塑料盆，说靠它挣的。媳妇还是摇头，光明说："咱家卖凉菜跟他们两家哪不同？"

媳妇想不出来，光明又引导她："拌好凉菜咱是先过称再装袋，还是先装袋再过秤？"

媳妇回答说先过秤再装袋……忽然明白了，"嘿，他爹，你回回都把塑料盆卖给人家了！"

光明把那只塑料盆放在神位上，领着媳妇叩下三个头，说："这就是咱的财神。"媳妇一脸佩服："他爹，你该是咱庄的七能人了！"光明赶紧捂住媳妇的嘴："可不敢说，一说出来，我就屁也不是了！"

十八岁我开始写诗

十八岁，我在一家棉站做检验员，每天把棉农交售的棉花扯来揉去，对照国家标准一一定出等级。扦样的棉农递来一张张笑脸，我也回报他们一次次笑容。他们笑有所求，盼着能卖个高等级，我的笑却是发自心底。他们哪里知道面前这个嘴唇上长着一圈毛茸茸小胡子的检验员心里装的是什么？是诗歌。我经常在午饭后攀上高高的棉花垛，枕着《普希金爱情诗选》，蓝天白云相伴……我把棉花写成"白云堆雪"，把遍布牛粪的田野写成"带着泥土的清香"。一个爱诗的十八岁男孩的心里装满了各种美好。

一天，一个黑瘦黑瘦的青年攀上 2 号棉花垛找我，开门见山地问："你叫赵文辉？"我点点头。他又问："你在写诗？"我又点点头。他忽然上前一下子抱住了我，把我吓了一跳。

他松开我后才说："我也是缪斯的学生呵，在这个小镇里，你是我唯一的知音，我总算不再孤独了。"我也总算弄明白是怎么回事了，就问他："你写什么体裁？"他大嘴一撇，右手一挥："我主攻小说。"我很羡慕他的气势，问他都在哪儿发过小说。他一下子红了脸，说目前还没有发表过，不过编辑部给他退过稿，对他激励很大。他要请我去看看他的退稿信。

他是乡卫生院的电工，叫王水良。我在卫生院配电室也是他的寝室拜阅了那两封退稿信，一封是《百花园》的铅印退稿信，一封是四川《青年作家》竺可老师的手写退稿信。王水良先用水洗了一遍手，从抽屉里取出一个红布包，连揭三层，信才露出来。王水良说他经常翻看它们，一看创作热情就来了。又说每次都先洗手，"这是神圣的事情啊。"我发现王水良一脸虔诚。

不久后，王水良喜冲冲来找我，说地区晚报副刊部举办文学函授学习班，问我想不想参加。投师无门的我真是求之不得。

辅导老师叫张力子，取得联系后，我俩一同揣着习作前去拜访他。一进报社大门，我的心就咚咚直跳，问王水良啥感觉，他说他的心也在蹦。副刊部在三楼，每间门上都写着编辑的姓名，我俩找到张力子老师的办公室，手举了几次却是谁也没有勇气叩响。门忽然开了，张力子老师把我们让进屋。先让座，又让烟，我俩赶紧站起身，说不会不会。张力子老师倒了两杯水，说喝水吧。王水良一激动又站起来说："不会不会。"张力子老师笑了，说不要太紧张。可我俩还是紧张得说话也磕磕巴巴，把带来的作业递上去。张力子老师知道我是写诗的，送了一句话给我："功夫在诗外。"王水良赶紧问："还有我呢？"张力子老师笑笑，说："看过你的稿子，再写信告诉你处理意见。"

从报社出来，我俩边走边想那句话的含义。到了车站，王水良忽然对我说还要去他姑家，让我先回去。我就一个人先回了。

一个月后，我的一首小诗变成了铅字。我拿着报纸到处找人分享我的喜悦，当时我语无伦次……王水良也替我高兴，接着很不好意思地告诉我，说他那天没有去他姑家，而是买了一条"散花烟"给张力子老师送去了。谁知道送了烟，张老师也没发他的稿，给他退回来，意见是"思想大于形象"，还汇来30元烟钱。王水良说他既惭愧又高兴，"文学是这样公正呵。"他感叹道。

我听后更受感动，仿佛感到了文学阳光带来的温暖。不知何时，我的脸上竟有热热的东西在爬行。我忽然一下子热情澎湃。

和稀泥

当干部当得久了，文玉变得圆滑，小星也失了棱角，两人学会了和稀泥。东家吵嘴，西家打架，还有亲兄弟分家分不平的，都要村干部出面解决，关键时候，村干部就得下一句结论：谁有理，谁理亏。可是一和稀泥，就都有理了，又都没理了，解决了半天等于没解决。结果，文玉和小星威信一落千丈，村民提起他俩就骂：什么支书主任，纯粹一对糊涂蛋！

这话传到文玉小星耳朵里，两人臊得不行。小星用了从电视里学来的一句歌词说："再也不能这样过。"文玉也说："得办点实事，树树咱俩的威信，要不，脸都没地搁了。"

机会还真来了。

这天，狗蛋和驴蛋亲哥俩打得头破血流，来找村干部评理。文玉和小星联手会审，让他们仔细说来。双方讲了经过：今天上午，狗蛋媳妇小莲从菜园回来，见那只黄母鸡"咯嗒咯嗒"叫着，功臣一样迎上来，就知道它又下蛋了，便进屋抓了一把杂粮撒在地上。小莲对狗蛋说："母鸡下蛋了，给你冲碗鸡蛋水喝。"两个鸡窝并排垒在东墙根，一个是堂屋驴蛋家的，一个是东屋狗蛋家的。小莲伸进手摸索半天，除了那只用蛋壳做的引蛋放在那儿，鸡窝里啥也没有。小莲很奇怪，今儿早上她还用手指插进黄母鸡屁股里捅了，有蛋呀。这时堂屋有个人影一闪，小莲心里全明白了。她张口就骂："谁的鳖爪痒了，伸进人家鸡窝里偷鸡蛋，不怕吃了噎死你！"刚才那人影跳出来，是驴蛋媳妇香妞，村里有名的吵架大王，指着小莲骂："你嘴里抹屎了？血口喷人呢？"小莲反问她："骂偷鸡蛋的贼，你接啥话？"香妞不依："这个院只咱两家，你不是骂我又是骂谁？说我偷鸡蛋，也不撒泡尿照照你有这个本事没有？怕是不会下蛋的老母鸡吧？"小莲嫁过来多年未怀孕，这下捅到了疼处，捂着脸呜呜哭着进了屋。一直保持风格不介入女人争骂之中的狗蛋脸上挂不住了，不会生小孩是他的病，被人揭了短，他脸红脖粗奔香妞而去："看我不撕烂你的嘴！"这时，驴蛋去供销社买化肥回来了，就迎上去，拉开格斗式，说要自卫还击。哥俩干上了。

文玉和小星一听笑了，说为一只鸡蛋也用动这么大干戈？小莲说："偷了东西还骂人这口气我忍不下！"香妞从家里端来了她家的鸡蛋叫大伙看，她对文玉说："俺家母鸡下的是白皮蛋，她家母鸡下的是红皮蛋，支书主任看看罐里有没有她的鸡蛋？"文玉一听心里有了底，就对她俩说："公说公有理，婆说婆有理，今儿个晚上召开支委会专门断你两家的事。"说罢让他们都回去，晚上听通知。

晚上，两家吃了饭就支起耳朵听村里的喇叭，谁知一直等到小孩们上完夜自习放学回家，喇叭也没广播。小莲让狗蛋去看看，狗蛋来到村委会，却见窗上早趴了一个人——驴蛋。狗蛋等驴蛋离开后才凑上前去，支委会正开着，只是研究的是收秋的事。他回家说给小莲，小莲说："看来等到明晚了。"语音刚落，院子里一阵脚步声，文玉小星领着几个支委直奔堂屋而去。

驴蛋香妞赶紧搬座，还用袖子擦了擦小板凳的灰土。支委们坐下来却没一人提他们两家的事，只管扯闲话，东一句西一句，把一壶水喝完了，小星高声说："又饥又困的，回家睡觉吧。"大家应一声站起来要走，香妞慌了，拦住大家，回头吩咐驴蛋拨煤球炉做汤。做了一锅面条汤，每人碗里还卧了一只荷包蛋。大家吃完打着饱嗝说：这回真该走了。一直没说话的文玉，临走扔下一句话："别看一只鸡蛋，咱也要弄个水落石出，不能让你家背黑锅。"

东屋里狗蛋小莲见村干部没往他家拐弯，又在堂屋吃了饭，心里就很着急。

第二天晚上，两家仔细听着，喇叭还没广播，小孩们放学的时候，支委们又赶了来，不提吵架的事，只管讲笑话。香妞又做了一锅面条汤，每人碗里卧了一只荷包蛋。临走，文玉还是那句话："一只鸡蛋小看不得，关系到你家的名声，咱一定要查个真相大白。"驴蛋香妞不住感谢。

狗蛋小莲却更着急了。

第三天又是如此。一罐鸡蛋见了底，香妞心疼得不得了，对驴蛋说："明儿个要再来，还得去买鸡蛋。"驴蛋却纳闷："为啥不去狗蛋家，偏偏一连三天来咱家，来了又不提吵架的事，文玉小星真是俩糊涂蛋……"这一细想，两人不禁出了一脑门汗，知道支书主任这是在羞他两口呢。

两人一夜没睡踏实，天一亮就去了狗蛋屋。一进门，香妞先照自己脸上扇了两下，然后鼻涕一把眼泪一把地认起错来。狗蛋小莲也很感动，把送来的那只鸡蛋扔到了门外，说："一只鸡蛋，差点伤了咱两家和气，真不值得！"

文玉和小星听说后，不由会心一笑。小星说："咱俩好像还是在和稀泥？"文玉答："只要和出水平，就没人骂咱了。"

拿只鸡蛋去换盐

三哥当年插队的房东大爷捎信来想见见三哥。三哥迫不及待地要去，三嫂也要去。三哥脾气好，在家里每天不是蒸馍就是做饭，人称"模范丈夫"，啥事都顺着三嫂，可今天却好像不大情愿。偏偏那天三嫂厂里加班，急得三嫂来回转圈，最后把我拽出来，要我跟三哥去。三嫂用手指头戳一下三哥的脑门："你可自由了吧！"三哥转过身，我发现他脸上闪过一丝轻轻的笑。

坐公共汽车到县城，又坐奔马三轮车一路颠簸到了三哥插队的小镇。我问三哥用不用打听一下房东大爷住在哪里？三哥一撇嘴，自信地说："我闭着眼都能摸到。"又说要给房东大爷买些礼品。我一指路两旁的水果食品摊，三哥却摇摇头，说去供销社买，供销社没有假货。一问，供销社还要走一段背路，我不同意。三哥拿出当哥的口气："你大还是我大，咱俩谁听谁的？"我哼一声，只好随他去了。

三哥一进供销社，身子就挺直了许多，还以手作梳子整理了几下头发。三哥好用鼻子吸了几下说："我好久没闻到供销社这种气味了，一闻我就想起了当知青的日子。"三哥说着走近了布匹组，一个留短发的中年妇女见有顾客，忙站起来打招呼："买点啥？"未答话，三哥的脸却刷一下红了，像个初恋的小伙子一样局促地站在那里。

中年妇女的眼睛猛然一亮，"你——"两人显然认识。正要搭话，一个七八岁的小男孩跑进来，缠着中年妇女给他买变形金刚。三哥问："你的孩子？"中年妇女点点头，说："这是小的，大的是个妞……"这时，小男孩秤砣一样坠在

99

中年妇女腰上不下来，声言不给他买，下午就不上学。中年妇女打他一巴掌让他下来，三哥赶紧掏出一张票子往柜台里面递，给小男孩。中年妇女不让接，用手去挡，两人推来推去手就碰到一块，都不好意思起来。这时，三哥见我在一旁呆看，就吩咐我："带小孩去买玩具"。我领着小男孩出去，问他叫啥名字，小男孩挺能说："我叫刚刚，妈妈叫郭红艳，爸爸……"

下午我们回去，坐在车上，三哥双眼里有关不住的喜气，问我："想不想听故事？"我说你讲吧。三哥说给你讲一个鸡蛋换盐的故事："当年我们知青点有一个知青养了几只鸡，有一回拿鸡蛋去供销社换盐。营业员是一个又漂亮又健康的姑娘，爱笑，一笑显出两只酒窝，还梳了两根又长又粗的辫子，拖到了膝盖上，一转身像两条小蛇一样摆来摆去。知青喜欢上了姑娘，为了多接触姑娘，小鸡下的蛋一个也舍不得吃，全拿去换盐。换的盐吃不了，就送了别人。两人接触多了，有了感情。他们表达感情的方式也就两种：写信最多，偶尔也在换盐时手和手悄悄碰一下，心里跟过电一样。返城时，两人已经发展得谁也离不开谁了。知青发誓历经千难万险也要把姑娘带回城里，两人写了决心书：下定决心，坚决结婚，排除万难，把户口办完……"我已经听入迷了，问："后来呢？"三哥口气一下子沉下来，"当时往城里办户口比登天还难。知青又要把自己办好的户口办回来，姑娘怕耽误知青的前途，见劝又劝不住，就匆匆跟供销社一个职工结了婚。她把辫子剪下来，寄到了城里。"讲到这里，三哥眼里的泪花一闪一闪。

回到家，三哥像换了个人，干什么都带着笑，时不时还哼几句歌：村里有个姑娘叫小芳……三嫂把我拉到一边，让我汇报一下去看望房东大爷的全部过程。我讲房东大爷如何热情，又讲了去供销社买东西，还讲了拿鸡蛋去换盐的故事。

三嫂脸色越来越不对劲儿，我还没讲完，她就把一只水杯摔了，一字一顿地叫出一个名字："郭——大——辫——子！"那口气简直比山西老陈醋还要酸上几分。结果和三哥大闹一场回了娘家。我和母亲去叫她，她发誓要和三哥离婚，还写了决心书让捎给三哥："下定决心，坚决离婚，排除万难，把小孩带完。"三哥听了一点也不在乎，平静地说："她就这德行，过几天就好。"

没几天，两人果真和好了，好像还比以前更亲密了。

九月授衣

秋眵晃儿，地里的草锄得差不多了，天也凉快了，就收了锄。男人们一头扎进麻将桌，玩个没完没了。女人们可闲不着，要趁这一段闲时光，拆洗一家人的被子和棉袄棉裤，该缝的缝，该补的补，小孩腿长了，棉裤就加一节，实在不能穿了不能用了，就做一套新的。做活儿时多是几家结合，谁家屋里宽敞就到谁家，地上铺几张凉席，在上面飞针走线润色光阴，提前置下了全家人一冬的暖和。三婶往年也是和别家结合的，今年娶了儿媳妇，就决定和儿媳妇在自家做，反正活儿也不多。儿媳妇叫春花，长得细皮嫩肉，咋看咋不像个庄稼人。娶进门没几天，三婶就听到了一些风言风语，说春花别是青花红涩柿——中看不中吃的。三婶是个要面子的人，就怕这个。

这话春花也听到了，心里有些不好受。她男人却不以为意："别听他们胡嗒嗒，没娶着俊媳妇心里不得劲儿呗。再说，你凭那双巧手在纱厂评过生产能手，啥活儿不会做？"春花听了又喜又忧，虽然她17岁到纱厂做挡车工，年年得先进，可缝衣缝被这些活儿她还真没挨过。正发愁着，偏偏四婶又来凑热闹，非要和三婶家结合。四婶心直口快，她拉过春花的手瞧，瞧完就夸："这手长得，比仙女手还巧，做针线活儿一定又快又好。今年我一直犯腰疼，这下好了，春花你替婶多做点吧！"春花心里着急，嘴上也只好答应下来。四婶是个急性子："要不明儿个就开始？"春花赶紧推说身上来了，过了这几天吧。三婶在一边看着春花不说话，春花心里却一毛一毛的。隔两天，四婶又来催。春花从里屋出来，手里握了一团卫生纸，假装去厕所。四婶见了就问："还没结束？"春花点头。四婶又问：

"还得几天？"春花说就两天。四婶说过两天一准儿开始。

眼看着两天过去了，春花心里急得猫抓似的。这当口，娘家哥去镇里修麦耧路过来看她。春花仿佛见到了救星，悄悄对哥说："你回去让咱兄弟来一趟，对婆家人说咱家的棉衣活儿做不过来，要我回去帮忙。"娘家哥说："咱家的活儿娘和你嫂子都做完了，再说，你也不会——"春花急得要掉下泪来，狠狠掐一下哥的手，让他无论如何按她说的办。第二天，就在四婶又来催活儿的时候，春花的娘家兄弟来叫春花了。四婶急得不行，三婶在一边说："叫春花去吧，娘家叫咋能不去？先尽着娘家的活儿做。"四婶没办法，捶捶腰一再关照春花："我们等你回来再做，要不非把你娘和我累垮不可。"

春花心里偷偷地笑着，去了。

过了七八天，春花从娘家回来了，两家开始做活儿。先拆被子、晒棉絮，再缝。春花左手戴着顶针，右手一根银针灵巧飞快地在棉被上穿行。春花掩边掩得笔直，针脚走得又匀又密，还不时往破损的棉絮处添点弹好的新棉花。而且气均神定，鼻尖上不见丁点汗星。在一旁半天纫不上针的四婶早已汗流满面，一边骂自己老不中用手伸出来跟猪脚差不多，一边夸春花手快手巧。拆洗完被子，又拆棉袄棉裤，都做完了，春花对三婶说："娘，我给您做一件夹袄吧。"春花连裁带缝，掖、掩、抻、拉，飞针走线，两天就做好了。四婶见了说，好，好，也让给她做一件，春花答应了。四婶走后，三婶一把拉住春花的手。春花往回缩，三婶拉住不放，只见春花的指头又红又肿，还有好几处被针扎过的疤点。三婶眼里涌着泪说："春花，娘啥都知道了，你真是个要强的闺女呀！"春花不觉红了脸，心说，咋就没瞒过婆婆呢。

做完了棉衣，稻子也该收割了。割稻可是春花的拿手好戏，在娘家就没服过输，一起割稻的人让她一个一个丢到了后面。四婶早把春花的针线活儿夸了出去，现在村里人又见识了她的割稻功夫，都冲三婶道喜："您真找了一个好媳妇！"三婶一边捆稻子，一边心里乐开了花儿。

小兵摆大炮

闺女今年上完大学，却高低找不到工作，就在家一个劲儿怄文玉，说文玉没成色，子女也跟着受洋罪。文玉没法，决定去县里找小狗帮忙。先问几个邻家："会不会中？"邻家都说："中，你俩小时候好得恨不得穿一条裤。"文玉又问："可人家现在是县长，我是个撸锄桨的平头百姓。"邻居们不以为然："县长咋啦？秤还有个高低，人能没个远近？"这一鼓动，文玉来了精神，说："可不是，小时候斗小兵摆大炮，我还让过他俩子儿呢……"然后就气昂昂地去了。

到了县政府，门岗把文玉当成上访的老农不让进。文玉如此这般一说，门岗又挂电话核实了一下，就放了行，还给他指路："往右拐，二楼，都是副县长办公室，第二个门是朱县长。"

小狗在小床一般大的办公桌后面坐着，大背头，西装领带。文玉一看，心说真像个大官，自己不由矮了半截。小狗却上来拽住他的手，亲热得不得了，文玉越发紧张了。小狗把他让进沙发，递上一支烟，文玉赶紧摆手，说："不会！"小狗又倒了一杯茶，文玉还是摆手："不会！"小狗吞一下笑了，说文玉："见了我这个芝麻官，你就紧张得不会喝茶了，要是见了市长省长，你怕是吃饭都不会了？你紧张个啥，当官不当官，我还不是能和你斗'小兵摆大炮'的那个水狗？"一提"小兵摆大炮"，文玉放松了不少。这时小狗回忆说："那时你个儿大，老欺我，不让我用小兵。"文玉说："用小兵准赢。"小狗又说："咱们没少干架，打得鼻青脸肿各奔东西，我老是发誓再不跟你耍了，可第二天咱俩又黏到一块了。"文玉心说：今儿就是冲咱俩小时候那点黏糊劲儿才来找你的——

103

于是就把来意说了。小狗听了一口应下，说你的闺女就是我的闺女，让文玉好感激。

一说二说，就到了中午。小狗说要和文玉喝两口，文玉赶紧摆手：你忙你的事，别管我。小狗笑："那会中？走，我请客——"拉起文玉就走。到了大院，见了人，小狗就介绍文玉："这是我小时候的哥们儿——"大家都冲文玉伸出手，文玉心里一热一热的。司机送他们到小狗家胡同口，往里还有一段路，小狗却让司机回去了。

胡同口一堆人围着一个棋摊，见小狗过来都打招呼，小狗和他们亲热地搂肩拍臀，还一支一支让烟。见是"红塔山"就夺了去，说县长的烟是公烟，不吸白不吸。小狗也凑了过去看下棋，跟着喊"将、将"。再后来就拉着文玉回家了。文玉责备小狗："你和他们太随便，不像个县长……"小狗反问："县长该是个啥样？"文玉答不上来，嗫嚅道："反正不是这个样。"

中午吃的捞面条，四碟小菜，一瓶白酒。收了碗，小狗非要和文玉斗一盘，用粉笔在地板上竖九下横九下划出一副"棋盘"，找来一堆黑豆当"小子"，然后捏着俩核桃当大炮，问文玉："你要大炮还是要小子？"两人席地而战。

文玉的紧张劲儿早没了，心说小狗还是小时候的小狗。他本来给小狗带了一个红包，却不敢露了。临分手，文玉又提闺女的事。小狗说你回去等信儿吧，我联系好了单位就通知你。

一回村，文玉逢人就夸小狗：当了大官，一点架都没有。又说：这官还得往上升哩。还说了小狗在胡同口看下棋和自己斗小兵摆大炮的事，村人都啧啧：小狗是个好官。

等了两个星期，不见信儿，家人就催文玉再去找小狗问问。到县城已经晌午了，文玉直奔小狗家。在胡同口又看见小狗在观棋，文玉心想：小狗不光爱斗小兵摆大炮，还是个棋迷呢。

这回办成了事，文玉心里美滋滋的好受。却又挂念起一件事，不知该咋感激小狗。

后来还真逮住一个机会，"十月一"小狗回家给母亲上坟，文玉宰了一只羔羊焖了一地锅小米，准备好好招待小狗。小狗一到村口就下了车，见人都打招呼递烟。到村十字一堆人在下棋，拉住小狗非让他将两盘。小狗连说不会，递了烟往文玉家去。村人恼了，冲他的背影骂：能天天看城里人下棋就不和咱下，还是看不起咱，呸！

　　传到文玉耳朵，文玉也不解，就问小狗。小狗说我真不会下棋呀，这还能诳你？"那你为啥回回在胡同口……"文玉问了半句突然停了，对小狗说：

　　"明白了，我明白了。"

刘棉花

斗大的字识不得半筐，不认磅不会算账，却做大生意，上百万的资金转着圈，屁股底下一辆桑塔纳。在付庄"日儿——"一圈，"日儿——"又一圈，一天不下十来回。这就是刘棉花。

当然不是真名，因为倒腾棉花发的家，都叫他刘棉花。十年前，刘棉花去乡棉站售棉，算账的时候棉站的丁会计中午喝多了酒，把一沓百元票子当成十元扔出窗口。刘棉花刚"哎"一声，同来的一个堂哥用手捂住了他的嘴，把他推到一边，然后不动声色接过丁会计扔出来的票子，拉起刘棉花就走。丁会计一口气扔出五万多，等他酒醒后再去各村往回要，却难了：都不承认。丁会计要了两天，见没了希望就垂头丧气往回走，那时候工资还不高，五万块对丁会计来说简直就是个天文数字。要不回就得自己赔，丁会计越想越没出路，过供销社时买了一瓶"敌敌畏"。来到村外无人处，拧开瓶盖往嘴里送。突然飞来一物打掉了农药瓶，丁会计一看，是一沓百元钞票。

自此后，两人成了"厚人"，丁会计让他收棉花来卖，丁会计说我就是看中了你这一点，让他找一个会算账的跟着。来棉站售棉，每次都给他长 1 到 2 个等级，三十五十块就到了手。隔一段时间，刘棉花就钻一回丁会计的单人宿舍，出来时丁会计也不送，好像挺不耐烦似的。刘棉花几年下来盖了一座红瓦房，惹得一庄人眼红。后来丁会计升成了站长，刘棉花照例倒棉花，只是骡马车换成了大汽车，软包装换成了硬包装，一次三车两车，都是高等级。卖了棉花，几十万现金，大票小票的用化肥包一装，背起就走，接着倒第二趟。有一次，他背着化肥包回到付庄，准备第二天去拉货。家里人一看，嘴都成了惊叹号。爹把院门插上，还用杠子顶住，然后端了一杆填满铁硝和炸药的打兔枪屋里屋外转悠，一夜没敢眨眼。媳妇也一样，怀里抱一把菜刀，身子抖了一夜。天明的时候，爹望着那一堆钞票突然哭了，说他一辈子没见过这么多钱。问这钱是不是儿子挣的？刘棉花一笑，告诉爹：说它是也不是，说不是它又是。说得爹和媳妇如坠雾里。

刘棉花隔一段时间照例钻丁站长的单身宿舍，出来时丁站长照例不送。但刘棉花的生意却是真大了，有时棉站司磅员过一天棉花，一看码单全是刘棉花一个人的。他让那个亲戚跟着算账，还买了一辆新桑塔纳，让那个亲戚给他开着，在庄里"日儿——日儿——"地乱窜。庄里人都知道刘棉花发了，据小道消息，刘棉花还在城里养了一个，不知是真是假。

谁知他的"厚人"丁站长却出事了，有人告他包二奶且有实有据，在城里什么地方买的房子生的还是男孩已经两岁了。告他的人显然下了大功夫，丁站长知道自己得罪人了。纪检委下来调查，丁站长不慌不忙，说这是诬告，如果真有这回事他情愿去坐牢。纪检委把那女的控制起来询问，女的承认自己是被人包的。说了出来，却是刘棉花。刘棉花一个农民，纪检委也没法处理，自然不了了之。后来丁站长又被告了，检察院传唤去，说是有一批卖给纱厂的棉花掺杂使假，打开棉包，外层是好棉花，里面却是废棉、短绒和石头。丁站长还是不慌不忙，说他们棉站也是受害者，因为收的就是这个样，夜间检验没检查出来。叫来售棉者一问果真如此，就把售棉者逮捕了，判一年半还要罚款。这个售棉者就是刘棉花。罚款的时候，刘棉花却说没钱，去银行冻结他的账户，一看，账上只有几千。没钱不说，刘棉花还有贷款，几个银行加一块竟有几十万。去扣他的车，车早没了影儿，一查，根本不是刘棉花的名。就又加了一年刑。

刘棉花服完刑一出来就兴冲冲去找丁站长，谁知丁站长却躲着他不见，打手机又一直关机。刘棉花心里一咯噔，赶紧去银行查另一个账户的钱，账户上的钱早让人取走了。刘棉花心里再一咯噔，还有一个人知道这个账户和密码。刘棉花不死心，再找丁站长，丁站长还是躲他。银行听说他出来都找上门追贷款，法院巡回法庭把他的房子家产一并收去还贷款。刘棉花全家只好住进了庄口的机井房，爹一急犯了脑血栓躺床上不会动了。医生来输了几回液体见他家拿不出钱，再去喊，不来了。爹流着口水哇哇说不清还只管说，大概是不让管他了，全家哭作一团。刘棉花从闹哄哄的家里逃出来，他不知道该到哪里，只管瞎转悠，转到供销社一头扎了进去。他拿起一盘绳拉拉又放下，臆怔了一会儿，就买了一瓶"氧化乐果"。

刘棉花来到庄口，也就是当年丁会计喝"敌敌畏"的地方。刘棉花很觉惊奇，自己咋来到了这地方。刘棉花打开瓶盖，一股刺鼻却带着甜浓浓的气味直扑鼻腔，他往嘴里倒的时候突然想：

自己的"厚人"会不会也在暗处藏着，使出一沓钞票砸一家伙呢？

四　叔

　　四叔没文化，属于村人说的那种"睁眼瞎"。年轻时，四叔去市里办过一回没成色的事，现在提起来还脸红。那回四叔要去市里，小队会计说钢笔坏了，托他捎个"英雄"牌钢笔。一下车，四叔自己的事还没办，就奔百货大楼给会计买笔，要不怎么说四叔是个热心人哩。买好笔，四叔插进上衣兜，然后才去办自己的事。这时四叔忽然小肚子一阵发紧，他已走出百货大楼老远一段路了，却高低找不见厕所。折入一个小巷，忽见一处厕所，四叔急奔过去，却分不清"男女"二字。那年代像四叔这种斗大字不识一筐的"睁眼瞎"比比皆是，有的挣了半辈子工分，连自己的名儿都不会写，四叔不认男女厕所一点也不稀罕。小肚子又一阵"告急"，四叔顾不得许多钻了进去。刚解决完裤子还没来得及束紧，进来两个妇女，一见四叔，两人大呼"有流氓"。结果召来一堆人，把四叔捉了，送进了街道革委会。审四叔，四叔说不识字，革委会一个妇女拿鸡毛掸照四叔头上就是一下，指着四叔胸前的钢笔问："不识字你带钢笔干啥？"四叔如实回答："捎的"。革委会把"捎的"听成了"烧的"，在豫北方言中，"烧"就是不要脸的意思。这下可坏了，四叔着实挨了几老拳和一顿鸡毛掸。回到家，四叔发誓：往后八抬大轿抬我也不会再去市里啦。

　　一晃20年过去了，这回四叔却违反自己的誓言，又要去市里。去干啥？河南电视台"梨园春"分部在市里设立，来了一堆名角儿，银环妈、李豁子、"土特产"范军……四叔是个老戏迷，平时光在电视见这些名角儿，却没见一回真人，心里便瘾得不得了，50块钱一张门票，眉头都没皱一下。过完戏瘾出来，四叔想小解，身边一个戏迷指着前边告诉他：厕所在那儿。这回四叔没慌张，要知道，这20年他就认下两个字："男"和"女"。这时四叔见前面一个小伙子也正往厕所赶，便跟着他去，心说：这可比那两个字还保险呢。四叔三步并作两步跟着小伙子进了厕所。小伙子宽衣要蹲下，一扭身发现了正找小便池的四叔，一下子大呼小叫起来。四叔一听，竟是个女的。惊来不少人，巡警也来了，问是咋回事。这回四叔可没怵场，指着那个"小伙子"对众人说：她留个小平头，还穿着这身衣裳，从后瞧，谁敢说不是个男的？

村级广播站

四叔不识字，却干了 30 年广播员。村里人都评价四叔的水平差：换谁都比老四强！四叔也承认，说自己是气蛤蟆叠桌子腿——硬撑这一摊。

四叔的水平也就是接接电话喊喊人，通知个会议，要不谁家的钥匙丢了驴跑了，广播找找。几句话就能说清的事，他却颠三倒四广播半天："小广在抓勾家打麻将……钥匙不见了……两个钥匙用黑绳穿着……谁见了，想吸烟说一声……"一村人都反对，说：这个老四，比个娘儿们还啰唆！

四叔最怕村干部让他编节目，就是说个笑话顺口溜，或来几句广告词，比让他翻二亩地还作难。村干部很不满，好几回斥他：东村的广播员自编自演，天天不重样；西村的广播员和你一样没文化，可人家的快板张口就来，村里有啥好人好事都能编成顺口溜。你只会通知个会议！这一批评，四叔脸上架不住了，经过一番努力总算挤出几个段子。

先是赵金星家养个公猪专门配种，一次四块五，来找他广播，他几天几夜没睡觉挤出四句"广告词"：赵金星，猪打圈，西北角，四块半。喇叭里一广播，笑翻了一村人。都说：这货，进步了！另一件事是四叔每天早上用收音机对着麦克风放天气预报，村人很欢迎。有一次，收音机坏了，四叔又吭吭哧哧琢磨出一段"天气预报"，对着喇叭说起来：村级人民气象站，推开窗户往外看，不是阴天是晴天，不是晴天是多云——老四播放。

又笑翻了一村人。

虽然村人对四叔的广播效果不满意，大人小孩都敢随意评价四叔，可四叔的声音在村子里回荡了几十年。仿佛大年初一那顿饺子，硬是离不开了。后来大家还发现了一个秘密：一直到现在四叔声音还和年轻时一样，朗朗有力，没有变老。当年和四叔一般大的现在已抱上了孙子，头顶秃了，胡子白了，他们一齐嫉妒四叔："老四咋比咱们年轻，他是沾了这广播的光——"四叔不承认，只一声：球。

不久前四叔退了，支书的侄子换下了他。年轻人毕竟是年轻人，一上任就把那旧喇叭换成了新喇叭，说音质不行了。四叔一遍一遍抚摸那两只喇叭，像摸自己的孩子一样，眼里汪了一摊水。年轻人不光广播用普通话，节目也是天天不重样儿，流行歌曲相声豫剧啥都有，热闹了一村。支书逢人就翘大拇指：有文化就是不一样。

四叔的声音在村里飘了大半辈子，一下子换了，没了，村里人都觉得少了样东西似的不习惯。通知开会，往往广播几遍支委的名字，听惯了四叔声音，现在换成支书的侄子，好几个支委竟觉得这个年轻人广播的是别人的名和姓，好几次没来参加会。还生支书的气：开啥小会呢，把咱排除在外。

四叔在家里闷了几个月，再出来，惊了一村人：四叔的头发全白了，背弯了许多，声音也老得像换了一个人……嫉妒过四叔的人都明白了：老四的精气神儿，敢情都在那破喇叭上了。

村事四题

典 礼

豫北乡下把娶媳妇说成典礼，就像把厕所说成"茅"一样，祖辈传下来的叫法，改不掉了。小时候本家姑本家姐出嫁，几辆大马车，我们一堆小孩挤在上面比过年都高兴，攒足了劲儿要去吃一顿。那时候最高级的席面是"十大碗"：福禄肉、小苏肉、红豆腐……要是再有鸡和鱼，我们就要欢呼了。每次都有几个吃多的，不到家就哇哇吐出来。少不了挨大人骂："吃嘴不顾身的小兔孙！"谁让那时的生活条件差呢？现在哪家不是肉都吃着不香了？想想变化真大，迎亲的车由马车换成拖拉机，又由拖拉机发展到小轿车，去年村里的养猪大户海玉娶媳妇，租了清一色的红夏利，真气派！

乡下办一回婚事规矩特别多，说穿了都是女家摆活男家的，总觉得把闺女养这么大白白给了人家有点亏，所以就在典礼这天撒点气。男家自然也理解，就格外顺应女家，越是这样女家越好挑毛病。什么"拿钥匙钱"少了不给钥匙了，有人按新媳妇头不让拜堂了……有时一句话说得不合适，女家就要发作，掀桌摔板凳闹得不可开交。我亲眼见过一次，席面上没米了，男家的知客问女家："吃不吃了，还上几碗？"女家一位老者立时恼了，说："有你这个问法吗？把俺当要饭的了？"知客受了训不服气，刚争辩几句，女家几个汉子便"呼"地一下站起来捋胳膊卷袖要动武，这边众人赶紧把那个知客拉了出去。不过，也有不同的情况。有一家娶媳妇，男家几个闺女在外工作有成色，格外看不起女家。席面上男家一个女婿当知客，对女家极轻视。女家一个老汉没见过豆腐乳，以为是一道菜，整块送进嘴里咸得要命也不好意思吐出来，嚼嚼咽了。男家女婿追问："好吃不好吃？"老汉回答："好吃，就是有点咸。"男家女婿笑着说："好吃，再来一块。"女家自然有识得豆腐乳的，知道是在耍他们，火气腾一下冒上来，抓起盘子就砸过去……

俗话说："狗张狂了挨棒槌，人张狂了惹是非。"这一次，可是全怨男家了。

送　羊

农历六月兴送羊，舅舅蒸一对半跪的面羊，买两斤油条，用篮子盛了，用洗净的桐树叶盖住给外甥送去，意思是让外甥记住小羊的跪乳之情，长大了做一个孝子。亲舅送，堂舅也送，没了舅舅，表兄弟也送。慢慢送羊就成了一种礼俗，一种累赘。接了东家送的油条，赶紧送给西家，西家又送给北家。转了几个圈，油条早干得不能吃了，里面也没有一点真情可言了。老表兄老表弟送，更是一件无奈的事。就拿我家说吧，父亲的表兄，我们的表大爷每年农历六月来送，过大年我们去他家走一回亲戚。一年就这两回来往，两家的小孩都不大认识。这一年又该送了，表大爷家谁都不愿来，最后表大娘来了，她血压高，到半路热得中了暑，差点过去了。后来我跟父亲商量："干脆断亲算了。"父亲担心地说："咱主动提出来，你表大爷不说咱？"我提了一份礼去表大爷家，把来意说了，表大爷一家谁也没说不同意，把我好好招待了一顿。那个亲热劲儿，就别提了。

瞧麦罢

麦子入了仓，娘家人要到闺女家看看，粮食收成咋样，生活咋样，实际上是放心不下闺女，摸摸男方的家底，这个习俗就叫"瞧麦罢"。娘家一般来个三五桌，男家这次接待可没啥标准，条件好的大方的人家就做得好些，条件差的小气的人家就做得差些，反正闺女已经给人家了，再找事等于是给闺女过不去，这可跟典礼那一回不一样。

西街有个磨豆腐的春生，是个有名的"仔细"家，吃饭时咬一口馍还得往碗里磕两下，生怕馍星掉地上了；几亩地的玉米从没用机器打过，一律用手掰，说是机器打得不净都浪费了；家里从不乱花一分钱，买斤酱油都上账。去年大儿子娶了媳妇，本村的，婚事办得不错，不过村人都说那是春生怕女家找他麻烦，现在媳妇进了门，他要抠也管不着了。"瞧麦罢"这天，女家的亲戚都不积极去，只去了两桌。谁知那天春生从县里请来在宾馆当厨师的表弟，八个凉菜十个热菜海参鱿鱼鸵鸟腿……一点都不比典礼那天差。女家没去的亲戚直后悔，一个个啧啧：这个春生！这个春生！事后有人问春生为啥这么大方，春生回答：过日子该"仔细"就得"仔细"，"仔细"是为了把正事办大方。精打细算富一辈，不会"仔细"富一会儿……

村人听了极服气。

分　家

弟兄分家，一般找一个老家长，再喊来老舅，说好说妥，立下字据就成了。建国建中兄弟俩分家，只请了大舅来。建中专门骑摩托去城里买了鸡杂、卤肉、素菜，那天爹和舅上座，建国建中下座，打开一瓶酒，四个人边喝边谈。建国给大舅满上一盅酒，说：大舅，俺家的事你全当家！建中夹过一片卤肉，也说：俺和哥听你的。喝下三盅，大舅开了口：好，咱先把事说了再痛快喝酒，要不喝多了就糊涂了。你家这座新房给老二，老房给老大，老大你同意不同意？建国点点头同意。大舅又说：电视、家具都是双份，各人屋里归各人。你爹有两万块存款，老大一万二，老二八千，老大还得翻盖房子，老二你同意不同意？建中点点头同意。还有啥事呢……大舅拍拍头又说：几亩地按人头分，院里的树各家归各家，新院的树长得小，老二你吃亏了。建中接上话说：俺不亏，俺家具比哥的新。大舅说：都分清了，老二你写吧，写完按个指头印咱就开始痛快喝酒。

建国说：慢，俺爹的房呢？大舅说：真是的，轮到谁家住谁家，你哥俩还能让他住大街？建国不同意，说：得说个清楚，要不将来俺俩不孝顺了，谁也没法治俺俩。大舅说：你说咋办？建国对建中说：老二，我说你写，咱爹轮到谁家就住谁家上房，不过上房不分给咱爹，咱两家房子当中那一间分给爹，咱俩将来不孝顺了，就让爹把五间房当中一间用抓钩扒了。建中按建国说的一句一句地写，那边爹一拍桌子，说他还有三千块钱防老，这下就全放了心，让大舅给俩孩分了。建国建中一齐说不，建中说：爹你留着慢慢花吧，想吃啥就买啥，想穿啥就置啥，你和娘操劳一辈子，光干没享过一天福。娘临终前，拉着俺哥的手说想吃大豆角，啥是大豆角，就是香蕉，娘一辈子都没吃过，连名字也叫不上来……建中哽咽着说不下去了，那边大舅鼻子也一酸一酸的，抄进嘴里的一块肉怎么也咽不下去。

丢　碗

　　付庄人爱骂街，鸡窝里的蛋让人摸了、田里的青苗叫羊啃了……一准要上街亮一嗓子，唾沫星乱飞，震得鸡鸭嘎嘎叫，狗也远远地蹲着不敢上前。却有一件事，付庄人吃了亏不吭声，心里还美滋滋的："我×，几个碗，咱丢不起咋的？"竟一个比一个大气，根本不像平时的脾气。

　　就是白事上丢碗。谁家老人不在了，白事上百口人吃饭，有人专门备了一套餐具出租。光棍老面跟着刷碗，一天十块钱。白事一结束，孝子和街坊站了一院，看着老面清点碗筷，然后梗着脖筋猛来那么一嗓子：谁谁家白事，取碗××个，还碗××个，丢——这时大家都提足了精神，孝子甚至有点害怕。老面把数报出来，碗丢得多，孝子脸上就露出一丝让人察觉不到的笑；丢得不多不少，孝子会轻出一口气；丢得太少，孝子头就勾了下去，借口头晕什么的回屋去了，其实是在躲避街坊的目光。碗是街坊偷去的，谁家的老人年纪大无病而终，即喜丧，要不这家为人好积善成德，偷碗就是偷这家的容光和福气。丢得越多，主人心里自然越欢喜。要是亡者得的病不好或这一家为人险恶无德，如茅坑沿的石头——又臭又硬，就没人偷碗，都怕染上晦气。在付庄，丢碗成了评判各家人品的打分器，自然受人关注。放羊刷碗的老面也在这一刻红光满面，分外精神，感觉自己比村支书还牛几分。

　　过了白事，老面又成了放羊的老光棍，疲疲沓沓，没个整齐样。庄里人看老面的目光与白事上判若两样，老面很生气："×他娘，等你爹死了咱再说，非少报两碗！"

　　老面最近却变了样，不知从哪儿闹了一身西装，还有一条花领带狗尾巴一样吊在脖子上。老面把羊鞭甩得啪啪响，吼："穆桂英我大战山东——"庄里人说老面你别烧包，在哪儿遛一身破西装？老面说放屁，你看看商标，是不是新的？老面屁股上挂一商标，一看，还真是新的。庄里人纳闷：这狗日的，放个羊穿啥名牌西装，一定是想媳妇了。老面也觉得放羊穿浪费了，西装洗过一水就压进箱底，单等白事上报碗数时才穿出来。老面很觉风光，老感觉那一刻自己跟电视里的外国总统出访差不多。

这天，赵二狗的爹死了。老面西装破球鞋去了，干活儿太卖力裤裆都蹲崩了，领带一会儿蘸进了刷锅水一会儿又蘸进了刷锅水，真成了一条狗尾巴。赵二狗是乡长，白事上人自然多。办完丧事照例清点碗数，老面撅着屁股认认真真点了三遍，脖筋一瞪，大声喊道："赵二狗家白事，取碗二百二十个，还碗一百三十七个，丢碗六十五个！"大伙听了，都噢一声，啧啧：这么多！一边的赵二狗冲大伙作一圈揖，回屋去了。

庄里人零零星星往家走，一边走一边纳闷：赵二狗家咋丢恁多碗呢？这个问那个："你和赵二狗是初中同学，是不是赵二狗去你家送烟了，叫你多偷了几个？"那个一撇嘴："屁，他能看得起我？那年他在组织部当科长，我的三轮车叫扣了去找他，他硬说不认我。你闺女中专毕业是他找的工作，肯定是你家多偷了！"这个一听急了，未开口先用手比了个圆圈："谁要偷他家一个碗，谁是这个！给我闺女找的啥工作？超市临时工，还花了我一万块！呸！"两人都说没偷碗，于是问第三个人：是不是你家偷得多？第三个人摇头。又问第四个人，仍摇头……庄里人越发纳闷：赵二狗不咋样，他爹也是村里一霸，不是打瘸人家的小狗，就是把人家小孩吓得尿裤子……可为啥还能丢恁多碗，基本上算是全庄第一了呢？见老面从后面走过来，一齐问：

"是不是你数错了？"

老面把头摇得像拨浪鼓，"这事，谁敢数错，闹玩的？"

大伙更觉纳闷，摇头：这事，这事！

过了一段日子，老面在庄口放羊，瞧见一辆桑塔纳奔来。老面看清了里面的人，赶紧冲桑塔纳招手。谁知桑塔纳根本不理他，呼一下开了过去，溅起一摊污水，弄了老面一身一脸。桑塔纳绝尘而去，老面气得蹦着高骂娘："好你个王八蛋！不是你求老子的时候了，叫老子后半夜往你床底下藏了五十个碗！"

老面这一骂，付庄人的纳闷一下子解开了。

一把火

　　小星当了村委会主任，支书文玉找他谈话："新官上任三把火，你也该有点响动，弄出点成绩让大伙儿瞧瞧。"小星被说得心里一涌一涌的，嘴上却说："有你支书在，我哪敢有啥响动？"文玉说："目前村小学改建二期工程还差几万块砖动不了工，你要是能办了，可是大功一件，也算你的第一把火吧。"小星一拍胸脯："不就是几万块砖？包我身上！"文玉很高兴，在村委会上宣布："由小星担任村小学改建二期工程指挥长，争取麦收前完工。"

　　具体一操办，小星才知道自己那胸脯拍得太早了。乡里拨的基建款早用完了，村里再也拿不出一分钱，能想的办法都想了：村里在外人员春节回家都被请到村委会捐了款，村民也搞了一回集资。这下小星有点作难了，想了一百圈，没办法的办法，还得集资。支书文玉同意后，小星就在喇叭里广播，说没钱出粮食也行。谁知几天下来，一个来村委会集资的都没有。小星只好带人挨家挨户收，第一家就碰了个钉子。谁家？有名的"难打缠"肉蛋家。不但不给，肉蛋的话还说得很大："你叫天王老子来我也不给！"小星急了，说："中，你等着，要不叫乡里小分队来执行你，我是个孬种！"第一个不给，往下就都不给了，他们说："你让肉蛋集资我们也集资，总不能跟买柿子一样专找软的捏？"小星没了辙，去找文玉汇报。文玉批评他："集资是自愿的事，你咋能让小分队执行人家呢？"小星泄了气，说我不管了。文玉又批评他："这点困难就让吓倒了？亏你还是咱村里有名的小诸葛！我就不信你点不起这把火？"这一激，小星劲儿又上来了，又向文玉拍了胸脯。

回到家，小星摇了一把破扇在屋里踱来踱去，媳妇说："天还不热呢，你发哪门子神经？"小星不耐烦地说："我在学诸葛孔明用计呢。"媳妇挖苦他："就你那破计，骗个我还差不多！"小星当年为了追媳妇，去城里照相馆找表哥借来一部照相机，围着她"咔嚓"了一天，结果把她的一颗心也给"咔嚓"动了，其实他没钱买胶卷，唱的是"空城计"。媳妇这一挖苦，小星眼睛不由一亮，说："有了，有了。"他立马去找文玉，商量先从支部委员开始集资，并且在大街张贴光荣榜。谁知这一招并不见效，等了几天，村民还是按兵不动。小星又单独缴了一回集资，光荣榜公布了，反招来了肉蛋的风凉话："装啥积极！给他个乡长，说不定把自家老婆都给卖了。"

小星急了，从家里拉出一车粮食要去枭了买砖。媳妇不愿意，追到大街拦住车不让走。小星说："男人的事你别管！"媳妇说："这是我和孩子的口粮。"那架势就是不让，小星恼了，说："你让开！"媳妇说："除非你从我身上轧过。"村民都围了过来，小星觉得丢了脸，骂媳妇："看我不打你个娘儿们！"说着就是一巴掌，媳妇喊："我手里可没端豆腐！"也回了他一巴掌，两人厮打起来。小星更恼了，从路边拎起一根木棍照媳妇头上就是一下，媳妇一摸头，血出来了。围观的村民慌了，赶紧上前劝架，搀着小星媳妇儿去卫生所。小星气呼呼地拉着车还要去枭粮食，村民们拦住了他，说："枭光了粮食，你全家喝西北风？再说建学校又不是你一家的事？"他们帮小星把粮食拉回家，对小星说："你去村委会等吧。"

说罢各自回家拿钱。小星到村委会才一会儿，就让围了个水泄不通。肉蛋没脸来，叫小孩来了。集资款一直收到天黑，村会计一结账，高兴得直跳："砖钱足够了！"又说："这都是村主任的功劳！"文玉也冲小星伸大拇指头，小星心里美滋滋的。

结束后，小星高高兴兴回家去，一进门，头上缠着绷带的媳妇就拎起笤帚扑上来，一边打一边骂："你个兔孙，头回从家拿钱我不管你，二回从家拿钱我还不管你，叫唱苦肉计我也依你，说好了做做样子，你却往死里打我！"结果，小星的头被媳妇敲了一头鸡皮疙瘩。

洗　澡

　　村委会主任小星是文玉一手提拔上来的，为了感激支书的栽培，村里的事小星总是抢着干。劲儿用大了，有些事就做过了。就跟短跑比赛一样，狠劲儿冲，结果把裁判也撞翻了。小星就是这样，比如乡里来了领导，文玉还没吭声，他却先打了招呼握住手不松；村里有个红白喜事请干部，他俩都是知客，小星嗓门贼大，指三挥四，文玉没了说话的份儿；事情越来越严重，小星走路居然也过文玉头了！文玉的眉头不由就皱成了疙瘩，心里也沟沟壑壑地不平起来。

　　秋里庄稼被砍倒后，来了一支"秸秆禁烧工作队"，一行五人全从县教育局抽调。送他们来的是一辆"依维柯"轿车，像只大犀牛一样威风凛凛地停在村委会门口。村干部从里面迎出来，小星不知不觉又走到了文玉头，和工作队队长吕科长握手问好。其他队员把他当成了支书，一一与之见面，却晾了一边的文玉。文玉在心里狠狠冷笑了几声。

　　午饭安排在村会计家，整了几个小菜，酒不赖：虽然只是当地生产，却是XO级。刚端起杯，文玉就对小星说："俩主要领导不能都在这儿喝酒，你喝了这一盅赶紧去南地看看，要是哪家趁饭时候把秸秆烧了，咱可全完蛋了！"小星本想跟吕科长他们猜几个枚，他还会喝"楼上楼"，这下子全用不上了。小星只好将酒喝下，又往嘴里填一筷子猪头肉，匆匆去了。文玉心里说：不怕你羊屎蛋插鸡毛——能上天，就怕不给你这个机会！

　　谁知才一屁会儿，小星竟又回来了。一进门就向文玉汇报："我巡逻了一遍，没啥问题，为了保险起见，我又让支委们组成临时巡逻队，重点在南地……我赶紧回来，说啥也得给吕科长敬个酒！"文玉一听，气不打一处来，却又不好发作。刚喝了两盅，文玉忽然一拍脑袋，猛然想起什么似的，说："我差点忘了，下午乡里有个综合治理会，两点开始，你赶紧去吧！"小星的"楼上楼"又没表演成，肚子还是空的，他很不情愿地站起身，朝那盘牛肉盯了两眼，去了。

等小星从乡里回来时，酒事已经结束。小星说："支书，会不是今儿个开的……"文玉很夸张地拍拍脑门，说自己糊涂了："嘿，明儿个的我咋记成今儿个的了？"心里却乐开了花。下午开会布置禁烧工作，文玉总觉得小星碍眼，一个念头蓦地冒出来。

晚上，他悄悄把村里的大户福堂约到家里。福堂当年和小星竞争过村委会主任，落选了却一直不死心。文玉开门见山问他还想不想当村委会主任？福堂回答："谁不想谁是这个——"用手比画了个王八。文玉笑笑，说："秋罢又该换届了……"福堂多精的人，赶紧求文玉指点："你可得支持我！"文玉说："我只能在两委会上把你当作候选人提出来，选上选不上全看你的群众基础了。"福堂劲道道走了，第二天就开始培植自己的"群众基础"，村里大街小巷挂满了标语："赵福堂向全村父老问好！""赵福堂保证把养老院建好！"……过八月十五，福堂又一家送了二斤月饼一小壶花生油。

文玉看在眼里，喜在心头，没人的时候就想哼哼几嗓子。这天去河边溜达，见四下无人就扯开嗓子来了几句《朝阳沟》：走过了一架山翻过了一道岭……河里忽然钻出一个人，夸他：支书唱得不错呀！文玉吓了一跳，见是吕科长。文玉知道秋水伤身，赶紧冲吕科长摆手，让他上来。

吕科长爬上来，一边用毛巾擦身，一边解释：他坚持冬泳多年了，不碍事。秋天正是冬泳的开头。

文玉松了一口气，瞅着冷凛凛的河水问吕科长："冬泳没点硬劲儿可做不来，你是哪一年开始的？"

"说来话长，这里面还有一个小故事呢。"吕科长告诉文玉，是他当中学校长时的事。那时在学校，他每天喝水都是办公室烧好送来。有一天，一直到半上午，还不见送开水。他就去了一趟办公室，原来水已经烧好了，只是负责送水的小王去县里送材料，又没交代别的同志。水就在小王桌子角搁着，伸手即可提走。可他嫌提水掉价了，就一声不吭离开了办公室。过后越想越惭愧，越想越觉得难为人师表，为了洗去精神上的垃圾，他跳进了满是冰凌渣的河里……吕科长叹一口气："瞧瞧我当时精神垃圾有多厚，都结成茧了。好多人，都让这些垃圾给埋了，毁了。"

文玉听了，不由脸红起来，像被人捆了一巴掌。自己，自己……这些天都对小星做了些啥呀？想一想，越发脸红开了，好像又让人捆了一巴掌，忽然甩掉布鞋，呼呼啦啦把衣裳扒了个精光，不顾吕科长劝阻，扑通一下跳进了河里。跳下去的一瞬间，文玉可着嗓子喊了一句：

洗澡了！

乡 医

　　豫北乡下也出好医生，多是祖传秘方专治什么病，比如恶疮、烧伤、小儿百日咳、妇科杂病……还真管用，一两副药就能拿下。药钱也不贵，只是城里医院的零头。城里医院还得检查化验，一个感冒就得五六样项目楼上楼下兔子一样不停地窜，最后结果出来，屁事没有，几片 APC 和氟哌酸就能搞定。很多病号嫌城里医院麻烦，结果乡村医院的大夫便忙起来。城里人的光顾和信任，也让这些乡医一下子庄重起来。

　　王村的小同，自幼随祖父学医，专修儿科，治拉治热治疯，尽得真传。后来祖父年事已高，不再行医，每日下棋呷茶，全不管药铺之事。小同独立行医，愈加谨慎，从未失手，名气一日日大起来。

　　这天，城里一局长开车来请小同，去给他的小孩看病。这位局长曾在乡里任职，自然晓得小同的医技。他的小孩体弱，进城之后学习任务又重，于是伤风感冒不断。城里医生每每如临大敌，小小感冒又是验血又是验尿，开一堆药就是不治病，小孩的身体反而越来越弱了。有时一病就是十天半月，不能上学，急死人了。这一次小孩又患感冒，头疼、发热，他猛地想起了小同。在乡里时，小孩有个头疼脑热，找到小同，哪一次不是药到病除？

　　小同被请到城里看病还是第一次，自然十分尽心。他仔细检查了小孩的病情，确认是发烧引起的扁桃体发炎。先给小孩扎了几针，把眉心、耳朵、手窝的毒泻了泻。然后开了一个处方，多是消炎去火药交与局长。谁知几天后，局长来找小同，说小孩吃了药一点也不见效。小同不信，随局长进城，看了看小孩吃的药，又看了看小孩的症状，炎症果真不见减轻。小同心里说："怪了，以往这样的病号扎过针只吃一天药就能见效，莫非城里药店的药有假？"他让局长跟他回去，开一处方，亲自抓药，交给局长："上消炎，下去火，不出三天，小孩就能上学了。"局长满怀希望地拿着药走了。三天后，局长打来电话把小同臭骂了一顿，说吃了小同的药屁用都没有，小孩高烧不退，喉咙都见脓了，现在已经住院，险些误了大事。最后局长说："没想到才两年不见，你的医术就退步成了这个样子，还吹什么牛，三天就能让小孩上学？"

小同又气又羞，心里说，怎么区区一个小病自己都医不了呢？他翻看医书，对照旧病例，反复思考，也想不出失败的原因，难道自己的医术也是"水土不服"，到城里就不灵了？最后他只好去请教祖父。祖父听后，哈哈大笑，不紧不慢地将一小壶香茶呷完，如此这般一说，小同茅塞顿开。

又有城里小孩来就医，小同依祖父吩咐，药方不变，只是药量比平常大了半倍。还真管用！小同大喜：乡里孩子有个头疼脑热一般不看，能抗就抗过去了；城里孩子娇惯，伤风感冒马上去医院，吃药把身体都吃虚了。乡里孩子抗病，城里孩子抗药，祖父所言极是。

医术有时就是一层薄薄的窗户纸，一捅即破。经祖父这么一捅，小同的名气又大了起来。

吃　嘴

　　在豫北乡下长大，碰见过形形色色的庄稼人，就像县剧团乐队的二胡、笛子、唢呐一样，各吹各的调儿，一搅和，也是一台嘶嘶哑哑的乡戏。搁在剧团乐队里大哥算哪一样呢？我说大哥是那歪脖小号，用着的少，闲着的多，老是肚子饥一副眼乞乞的模样。爹说十根手指伸出来不一般长，恁弟兄四个咋就出这么个败兴鸟呢。

　　要不是亲眼看见，真不敢相信大哥从小就那么吃嘴。我们在街上玩，邻居建国拿一块烧焦的馍坐在石头上香乎乎地吃，大哥就凑过去，蹲建国跟前，扯些掏鸟窝和谁谁家石榴快熟了一类的闲话，趁建国不防，猛一下子夺了建国手里的馍撒腿就跑，边跑边往嘴里塞。建国哭着追到俺家，娘拾起笤帚就敲大哥，大哥让敲了一头鸡皮疙瘩却愣没把馍吐出来，噎得一伸脖子一伸脖子的，硬咽了下去。再一回建国拿了馍坐石头上，大哥又来了，再往跟前蹲，建国就警惕起来，用手护着馍。大哥照自己脸扇了一下，对建国说："建国你把心放肚里吧，俺还能恁不要脸再抢你的馍……这回俺只闻闻香味就中了。"建国信了他的话，大哥闻着闻着却一口咬了去。

　　大哥长大成人后，吃嘴这个毛病却一点没改，真没少给家里丢人。村里有个红白喜事，人家喊不喊，大哥都要涎着脸去赶场。开饭时，他擎了勺半天不撒手。在锅里挑肉拣豆腐，下作劲儿叫好多人看不起他。就有人用筷子举着一块大肥膘，问他："赵老大，你吃不吃？"大哥颠颠地跑去，把碗伸过去。人家却不给他，有条件："得叫弹你一个嘣儿。"大哥便赶紧把头伸过去，"弹吧，弹吧。"人家就

126

在他乱蓬蓬的头上用指头嘣嘣弹几下。众人都在一边哗哗笑。我见了很觉丢人，回家说给爹。大哥回来，爹好一顿揍他，揍得他只求饶，保证以后不敢了。狗改不了吃屎，再听见谁家放火鞭，他照样过去拣肉膘。

不久前爹腰疼病犯了，捎信叫我买两贴膏药回去，我就急匆匆赶回老家。吃过晚饭，和爹正唠磕，听见有人在院里咳嗽，边进屋边说："听说老四回来了？"我一听，是大哥。我问大哥："你咋知道我回来了？"大哥说："全凭鼻子，只要你一进村我就能闻出来。"我扔给他一根烟，继续和爹唠嗑。大哥坐下来，眼睛睃了一圈，鼻子也一个劲儿吸。我知道他在找什么，只好取出几只"乡巴佬"鸡蛋，大哥嘴上连连谦虚："才吃了饭，肚里搁不下。"爹斥他："装啥洋相呢？不知道你是个大肚皮？老四叫你吃你就吃！"大哥嘿嘿笑着，就不客气起来，五个"乡巴佬"鸡蛋，一眨眼工夫全进了他的肚子，抹抹嘴，又把给爹买的酸奶喝了两盒。临走，大哥嗅出了点什么，问："老四，屋里咋腥味恁大哩？"我吞一下笑了，嘱咐他："明天来吧，我还带了条鱼没剖呢。"

这一次回家，我给三哥的儿子壮壮买了一盒"喜之郎"果冻，一共六只。壮壮是三哥违反计划生育罚了万把块钱才生下来的，一家人都叫他"金疙瘩"。那天，壮壮拿了果冻在院子里玩，恰恰让大哥碰见了。大哥还没见过那澄亮澄亮的果冻，腮帮子一吸一吸的，就有些走不动了。大哥在壮壮跟前蹲下来，问："这是啥东西，叫大伯瞧瞧？"壮壮递给大哥，大哥就眨巴眨巴眼睛动开了脑筋，说，壮壮大伯平时恁亲你，你不让大伯尝尝？壮壮想了想，就从盒里挖出一个给他。大哥抠开上面的薄膜，咪溜一下吸进了肚子。大哥从没吃过这么好吃的东西，眼睛就不由盯着那剩下的五只。大哥问壮壮："壮壮是个好孩子，这五只，你是一个人独享呢还是分给大伙吃？"壮壮经不起夸，就说分给大伙吃。大哥又问："你准备咋分吃？"壮壮说："爷爷、奶奶、爸爸、妈妈和我，一人一只。"大哥连连伸大拇指，夸壮壮懂事，长大能当个大将军。夸完又提出，爷爷奶奶那两份由他捎去，壮壮就不用跑腿了。壮壮信了他。

谁知道他没出街门就一股脑儿塞进了嘴里。几天后，壮壮去问爷爷奶奶果冻好不好吃，大哥露了馅。

这一回，大哥五十多岁的人了硬是又让爹敲了一头鸡皮疙瘩。

付庄的路

付庄的路本来能修好的，两回都让三叔弄黄了。

第一回，县建设局来奔小康，先修路。几辆铲车开进村，挖地面下基。路原本不直，工程员用白石灰画了印，要拆一批房。人家都通过了，到三叔这儿打住了车。提的条件吓人，气跑了村干部。硬拆，三叔往地上一躺，说谁敢招他一指头就让大叔把谁铐了去。大叔在市公安局当科长，庄里谁家犯了案都得求大叔，自然要高看几分。大叔为人很耿直，能办的事就给庄里人办了，不吃礼，不让庄里人乱花钱。三叔却打着他的旗号给别人跑事，要钱要物，说是给大叔送礼的。做了好几回这样的勾当，大叔知道了很恼，要扇他。这回他抬出大叔，村干部知道大叔不会阻挡修路，就一笑：老三你别喷了，到你二哥跟前你还不是一只见了猫的老鼠，敢吱吱一声？

三叔一骨碌从地上爬起来，不信咋的？我给二哥打过电话了，这是俺家几辈人留下的老宅，风水全在这座院了，要不也不会出他这个大官！一拆，冲了脉气，他这官当不成不说，下一代还要遭殃。我二哥一听就急了，给我放了话，说谁敢拆就拿铁锨拍谁个孬孙，拍死他抵命，住院了二哥拿钱。不信你们打个电话问问，我二哥决不会让拆老宅。"呵，打个电话问问，这会儿就打！"

村干部听了，想想也是这个理，就摇摇头，叹口气收兵回营。建设局的人很恼火，又不好出面，气得连夜把铲车撤走了，拉来的几车水泥也没卸，车掉头就走。

后来大叔听说了这件事，气得用手铐摔了三叔一头疙瘩。原来大叔根本没接过三叔的电话。再找建设局，迟了，奔小康结束，人家扛个黄旗气呼呼撤了。付庄的人都骂三叔，三叔却不知羞，还以为自己多有能耐。往街上走，一步三摇晃，跟人说话，肩膀也一抖一抖的。

第二回，也就到了今年。扶贫、奔小康都过去了，付庄的人只有靠自己出钱修路。一家三百二百，村集体穷，拿不出多少钱，缺口很大。恰巧付庄出了个白血病患者，省里一家私营企业老板捐了五万块钱，秘书来送钱，村干部出面接待。说到付庄的路，表示可以回去跟老板说说。一说，老板爽快地答应了，支援几百吨水泥，付庄的人高兴疯了，天天盼着人家的水泥。谁知却又让三叔搅了。

三叔这些年好吃懒做，日子很紧巴。三叔还有个毛病，找人借钱借东西，说得比天塌下来都要紧，一到手，再不提此事。我就经历过好几回，下班回家，胡同口蹲坐一人，忽地站起来，是三叔。说三轮车叫运管所扣了，罚三百块，把我兜里的大张小票一股脑儿摸了去。又一回，下班回家，胡同口又呼地站起来一人，还是三叔，说三婶去医院透视抓药钱不够……借了钱，三年五年不提，我回老家，三叔见了我拐弯走，躲我。和其他亲戚也是这样，几乎让三叔借遍了。三叔缺钱，就想着法致富，在村口开了一个修配站。嫌修车的少，就往修配站前后两三里处摔啤酒瓶，生意很是红火了一阵。

这一天，几辆后八轮货车经过修配站，一只备用胎掉下来。三叔见了，兔子一般蹿过去，把备用胎推过来藏进了屋里。一会儿，货车司机找了来，问三叔，三叔摇头，说谁见你的备胎了？人家问了一圈明白了，又来找三叔，问三叔要多少钱。三叔伸出一根指头，司机猜：一百块？三叔眼一瞪：打发要饭的呀？一千块！差点把司机吓个跟头，最后给了三叔四百块。

几日后，省里那家私营企业往村里送水泥，开车的人竟是那个司机。司机好不恼火，拨通老板的手机，说了备用胎的事，问老板：这样的刁民，咱也帮他？老板一听也很生气，命令他们马上返回，一包水泥也不要给付庄。

这回付庄的人真恼了。三叔家的玻璃让砸了个稀巴烂，门上抹满了屎，三叔的小孩也让班里的学生打了一头鸡皮疙瘩。三叔去找人家家长，结果又让按住捶了一顿。回到家，三婶也跑了，还说跟这么个倒霉蛋过日子，没意思！三叔一急，犯了脑血栓，扑通一下倒在地上。

病好出院，三叔落了个嘴歪眼斜，走路也不利索，手里多了一根拐。三叔本来还该在医院住一段时间，可没钱交药费，提前出来了。也不敢在县医院开好药，就在村里开一些心痛定、尼莫地平片一类的普通药。去借钱，没一家借得动。以前三叔见了亲戚躲着走，现在是亲戚们见了他躲着走，怕他张口借钱。

一瘸一拐的三叔，硬是把付庄的路走歪了。

酒风

豫北男人中间，捏捏叽叽、婆婆妈妈的多在辉县、汲县，三脚踹不出一个响屁，来了客人割肉打酒还要看媳妇脸色；原阳延津封丘三地的男人却不同，说话瓮声瓮气，放屁都能把地砸个坑，媳妇敢顶嘴一脚踢出门外。最显豪情的，是看他们斗酒，一个个脸红脖粗，撸胳膊，卷袖擎着酒碟：

"他姐，喝！"

他们带口病不骂娘，骂姐，姐是出门人就像泼出去的水，贱了。

那一年，我去延津茄庄收棉花，住在老姚家，三间破瓦房一根梁折了用柱子顶着，地面是土地面，坑坑洼洼。我说老姚你也是个生意人，咋把家整成这样？老姚嘿嘿一笑：都叫吃喝了，嘴没亏。我说今儿可别麻烦，咱不喝酒。谁知吃饭的时候，老姚变戏法一样整出满满登登一桌菜，菜还不孬，油光光的烧鸡，焦黄焦黄的小鱼，还有一盘殷绿殷绿的冻蒜。老姚说庄里有饭店吃啥有啥，我真不敢相信：茄庄走三圈挑不出几座像样的房子，却能整出满桌鸡鸭鱼肉来。拆开一瓶"百泉春"，啪嗒一下掉出一只打火机，老姚儿子眼尖一把抢了去。茄庄喝酒不用杯，用碟，一碟一两酒。老姚满上，我说下午去看棉样不能误了事。老姚吱一口干了，抹了一下嘴：误不了，兄弟。

三碟下去，我有些头蒙，老姚说空肚的事，叨，叨，要我吃菜。我平时就三四两酒量，见老姚又要满，我赶紧挡他。老姚不以为然：第一次来俺家，能不跟你嫂子碰一杯？老姚媳妇正在轧面条，拍拍手上的面过来端起酒碟，我只好硬着头皮和她干了。又要干第二杯，我不敢。老姚媳妇说她喝俩我喝一个，说罢喝凉水一样吱吱喝下两碟，菜也不叨又去轧面条了。老姚说你看事办吧，我只好又硬着头皮干了。胃里立即翻捣起来，我说不能喝了，不能喝了。

话未落地，风门一开，老姚在县城当牙医的二弟给大哥陪客来了。二弟一落座从胳肢窝掏出一瓶酒，据说是此地的规矩。二弟又要和我干，我说真不能喝了。二弟说我看不起人，我只好端起酒喝药一样喝下一碟。我说真不能喝了，真不能喝了，再喝要出事了，下午还去看棉样呢。老姚已满脸赤红，嗓门高了八倍：误不了兄弟，喝个孬孙！

这时风门又一响，老姚住的这个片的片长来了，从胳肢窝掏出一瓶酒搁在桌子底下，说来迟了先罚自己三碟。喝完又要和我干，我说：再喝……我就不中……不中了。我的舌头明显短了。片长说老姚的客人就是俺们茄庄的客人，我代表茄庄村委……我只好求助老姚，这碟酒老姚只让我沾了沾嘴边就替我喝了。往下猜枚过圈，老姚的二弟又替我喝了不少。三瓶酒见底，老姚又开一瓶。老姚的眼睛开始一翻一翻，舌头也短了，说误不了误不了。我一个劲儿咬牙，把涌上来的酒压回胃里。

四瓶酒见底，我长嘘一口，谁知风门又响了，一个老汉歪歪斜斜进来。老汉说他本来喝高了，可大叔的客人来了，今儿喝死也不说孬话！原来老汉辈分比老姚还低。老汉衣扣开了一半，瘦瘦的胸裸出来，抻着脖筋，一脸豪壮。接下来风向自然吹向我，老汉喝三碟叫我喝一碟，又扯过头问老姚：合适不合适，大叔？我坚决不和老汉喝，我说你啥都不用说了，我反正是一滴都不再喝了。一下子就把他堵死了。

没想到，老汉竟扑通跪下来，双手举起一碟酒。我傻在那里。

我真的醉了，一直到第二天才醒来。头却沉得抬不起来，还干恶心，就像患了瘟病的小鸡一样。老姚说打一针吧，一针准见效。村医是个瘸子，一高一低地进来，伸出一双手漆黑漆黑。我打一个冷战，问：酒精球呢？村医张开左手，一只黑不黑白不白的棉球露出来。我闭上眼，感到屁股上凉飕飕的，接着噗地一下，想反悔也来不及了。

村医收了针，一边往外走一边对老姚说：保证管用，狗蛋家的老母猪三百斤，拉稀拉得站不起来。一针，就一针！

头　狼

　　八年前，我大专毕业，等待分配的那段日子只身一人去了内蒙古，喜欢猎奇的我果真不虚此行。在鄂伦春旗的一个蒙古包里，我大口大口嚼着香味四溢的手抓羊肉，端着牧民自己酿造的奶酒，和主人的两个儿子开怀畅饮。他俩一个叫乌兰，一个叫乌达，明天要带我去大草原。乌兰乌达用蒙古语唱着一首古老的情歌，已是醉眼迷蒙，却不住地擦拭两支猎枪，咔嚓咔嚓拉着枪栓，对着兽骨做成的衣架瞄准。草原有狼群。他俩望着好奇的我说，别怕，我们有这个。主人告诉我，他的两个儿子是旗里的神射手。

　　第二天，我们在一望无垠的草原上尽情奔驰，古老的情歌伴着我们渐入大草原的深处。只可惜我骑术欠佳，耽误了返程的时间，最后不得不在一片小树林歇息下来。乌兰乌达在高处选择了一块大土包，用蒙古刀挖了一个洞，供晚上栖身用。暮色四合，黑夜慢慢包围了小树林。我们在土洞前燃起一堆篝火，噼里啪啦的烧柴声给草原秋夜带来几多生气。躺下后没有马上入睡，好静的夜呵。我一下子想起了家乡茂密拥挤的玉米地，也是这般静呵，但那里总有一种天籁一样的声音伴我入梦。

　　半夜起来小解，凉风袭来，我一连打了几个痛快的寒战。这时我发现有动静，隔着火堆望去，看见一只怪物在不远处悄然蹲立着，它一动不动，两条前腿耷拉在胸前，两只眼睛发出瘆人的绿光。我一下子毛骨悚然，哆嗦着一步步退向土洞。我看见那只怪物也在向我逼近，我却连呼喊的力气都没有了。就在这时，高度警觉的乌兰乌达嗅到了这只怪物的气味，两人一骨碌爬起来，叫一声"狼"后，已箭一般从洞中射出来。两人单膝点地，子弹上膛，做好了瞄准射击的准备。那只怪物犹豫一下，却又继续朝我们逼近。乌兰乌达同时扣动了扳机，两人不愧是草原的神射手，一人一枪射过去，全部弹无虚发。那只怪物踉跄了一下，转身就跑，没跑出多远，又被什么东西绊了一下，然后一边跑一边怪叫。乌兰乌达一听，大叫：坏了，它的同伙要引来了！

乌兰站在土洞上负责警戒，乌达挥舞着蒙古刀拼命砍柴，我也手忙脚乱地在周围捡一切可燃之物。我们把随身带来的羊肉和酒也扔进火堆，火越燃越大，最后把我们包围起来。我们退进土洞里，乌兰乌达端着枪瞄着火堆外的地带，随时准备对付复仇的狼群。三只骏马在土洞上不住地转圈，蹄声清晰可闻。乌兰说：真不行，就用它们抵挡一阵。我简直不敢想象这残酷现实的到来，会是怎么一副模样。

一直到天色大亮，乌兰和乌达就那样单膝点地跪了一夜。狼群没来。我们顾着那只狼逃去的方向，看见了一根树桩上缠着一段肠子，顺着血淋淋的肠子一直走了几十米，竟是一只猛虎一样庞大的老狼躺在地上。乌达告诉我昨夜狼群没来的原因，说这曾经是只头狼，新的头狼代替它之后，它就离开了狼群，成了一只孤狼。亏了是只孤狼，我在心里庆幸。乌达又说：它的威风和凶猛却还在，肠子被挂住还能跑几十米——我们三人唏嘘不止。

乌兰乌达用那只狼的狼皮做了一件夹袄给我。

我把狼皮夹袄穿回家，当时我的家还在豫北乡下。我一进家门，我家两条狗就一个个哆嗦起来，后来跑出去怎么也不敢回家了。我很奇怪，去街上唤它们。谁知村里的狗见了我都一个个吓跑了，连开砂锅店的赵肉蛋家那条德国犬见了我也直往后退。村人都问我怎么回事，我恍然大悟——

于是就给他们讲了那只头狼的故事。

老 师

　　孙一四大学毕业后分到机床厂办公室做秘书。

　　办公室主任姓丁，是一个没有架子的人，对孙一四很关照。丁主任平时除了写材料外，还鼓捣点散文、杂文之类的东西，投出去偶尔也有被采用的。寄来样报和汇款单，他总是喜滋滋捧在手里品味半天，好像面前是一盘香味四溢的毛家红烧肉一样。这时候，孙一四便在一边羡慕得要命。

　　孙一四也是个文学迷，读书时就喜欢鼓捣小说，一心想写出个《塔埔》、《凤凰琴》之类的作品，一炮轰响。他问丁主任都在哪儿发过作品。"地区晚报每年发个三五篇，县文化馆《村雨》杂志投搞必用，省报只发过一篇，是我当年教书时写的一篇读者来信，那时投稿不兴贴邮票，在信封上剪个三角口就行……"丁主任一提省报就来了劲儿，两眼发亮。孙一四"嘘"一声，也很激动，说："那您以后就是我的老师啦，我一篇还没发过呢。"之后孙一四写成小说果真拿给丁主任，丁主任也不推辞拿过来给他修改病句，还讲一些如何取材之类的常识。孙一四像个小学生一样虔诚地站在一旁，一边听一边点头。

　　机床厂的日子每况愈下，工人的工资也难保证了。孙一四这时动了书生意气，干脆停薪留职，只身去了南方打工。一年下来，竟攒下两万元，还学了一手通信器材的维修技术。孙一四就在县城开了一个门市部，专门修理大哥大、BP机，生意出奇地火爆，腰包硬是一日日鼓起来。有了钱，日子消闲了许多，孙一四就想找点消遣。这时妻子给他出主意："你重写小说吧？"

　　一句话，使孙一四心底那根文学缘再度复燃。他立即置下一台电脑，先学会打字，然后把旧稿用电脑一篇篇敲出来，寄给地区晚报副刊部。每次投搞他都要在信中夹寄邮票，恳请退稿，几次下来，果真有编辑给他退稿。后来他产生了一个想法，要见见给他退稿的编辑。到了报社，编辑很热情，给他倒水，把电风扇对准大汗淋漓的他，他很受感动。中午就请编辑去吃饭，编辑不好意思，孙一四连说便饭便饭，简单一点，编辑就去了。到了饭店，孙一四要了满满一桌菜，酒也是好酒，编辑渐渐失了羞涩，大纵口腹之欲，一会儿两人便"哥弟"相称起来。吃过饭又买礼品，孙一四硬说是土特产品，塞给编辑。有了这样的联系，孙一四的稿子在众多相同质量的来稿中间便被选了出来，优先用了。

这一用竟不可收拾，孙一四名字频频见报，在地区很快红了起来。地区报社如此，省报如何呢？孙一四又去了一趟省城，如此做了。于是他的一篇稿子经省报副刊编辑润色后，很快发了。这一下轰动了。县里的《村雨》杂志向他约稿，还聘他当了副主编。又发过几篇，地区报社就上了他的照片和事迹，客客气气地称他青年作家。地区文联还准备给他召开作品讨论会，如果他能出一部分经费的话。有不少文学爱好者开始给他写信，称呼他"孙老师"。孙一四终于圆了他的作家梦。

这期间，孙一四很少去厂里，也几乎把他的办公室主任淡忘了。这一天，丁主任却突然登门，孙一四又惊又喜，把丁主任让进书房。书房经过精心布置，书、画、花、草一应齐全，高雅而精致。站在高高的铝合金书架前，丁主任不免自惭形秽起来。倒上茶水，孙一四问他怎么这么"稀罕"？丁主任嗫嚅半天，脸憋得通红，好像有事张不开口。孙一四想起了丁主任的人品和好处，不由动情起来，认为他定是遇上了困难，就豪气地说："丁主任您有事就直说，能办我一定办。"丁主任终于下了决心，从怀里掏出一叠稿纸，恭恭敬敬地递给孙一四。孙一四接过来看清是一堆文学稿子后，不知丁主任要干什么。

这时，丁主任脸朝一边眼睛盯着茶几说："孙老师，请你帮我改改给省报推荐一下……"这一声"孙老师"叫出来，孙一四脸腾一下红了，像被人扇了一巴掌。

丁主任也很尴尬，站也不是，坐也不是，就告辞去了。孙一四手里捧着稿子就像捧了一颗地雷，放也不是，不放也不是。一直到晚上睡觉，他的脸还是又热又烫。

自此后，孙一四断然停止了一切文学活动，连省作协寄来的会员表也撕了，地区晚报上再没见过他的名字。

一年以后，一个叫"虚子"的作者开始活跃在地区报纸副刊上，接着又在省报和省文联主办的杂志上频频亮相。"虚子"的小说贴近现实、语言亮丽，读者越来越青睐……

没有人把"虚子"和孙一四作联系，地区文学圈都知道孙一四彻彻底底放弃了文学。

给了对门赵文辉

张三借了李四一把钳子，去还时，李四没在家，张三就把钳子给了对门赵文辉。过了老长时间，李四不见张三还钳子，去问，张三说：早就还你了，你不在，给了对门赵文辉。去问赵文辉，他想了半天摇摇头：没有这事。李四又去找张三，张三腾一下火了，去找赵文辉，赵文辉还是摇头，说没有。张三说：你多想想，我给你时，你还要给我读你新写的一篇小说，我说没时间就走了。赵文辉仔细想想，仍摇头说：没有这事。张三急了，说：你这人怎么这样！赵文辉是个文人，没脾气，张三嚷他，他也不急，李四看不下去了，说张三：别拿人家文人出气，这事不定是他忘了还是你忘了。张三嚷：莫非我想赖你一把钳子？李四答：我可没这么说。张三还是大嗓门：大不了赔你一个！他狠狠瞪一眼赵文辉，噔噔噔下楼去买钳子了。赔罢钳子，张三就跟李四和赵文辉都不说话了。

后来赵文辉整理屋子时，冒出一把钳子来。他一下子想起来了，这确实是张三托他转交李四的那把钳子，当时他完全沉浸在刚写的小说情节里面，把钳子随手一扔，这事就彻底忘到爪哇国了。这时赵文辉犯了难：把钳子拿出来吧，张三那脾气可是得理不让人；不拿出来吧，自己不是昧了良心吗？左思右想，矛盾一天，他还是决定不说，反正以他的为人，没有人会怀疑他能昧别人一把钳子的。于是，赵文辉就把钳子锁进了箱子里。

几个月、半年过去了，张三和李四还没和好。赵文辉见了他俩，心里装了鬼一样，七上八下的。该死的钳子！赵文辉常把自己关在屋里作思想斗争，斗争来斗争去，饭也吃着不香了，觉也睡着不甜了，人也瘦了，小说也写不下去了，他再也无法忍受这种折磨……这天，置下酒菜一桌，请来张三和李四，拿出那把钳子，如实说了。谁知张三和李四听罢一个比一个火气大，张三说：都怨你，让我白买一把钳子不说，还和李四伤了和气。李四也怪他：你一个文人，居然办这种事，找出钳子也不说，让我和张三半年没说话。哼！

两人筷子都没动，拿起钳子就走。赵文辉愣了，心说：自己咋就错上加错了呢？

习 惯

　　张保当秘书的时候，很欣赏县委书记讲话时的一个习惯。在主席台上，县委书记往往正讲着，会突然扭头问左边的县长："对不对……"或扭头问右边的人大主任："你说是不是……"县长和人大主任被问得措手不及，不管听清没有，一律小鸡啄米一样点头答对。无形中就衬托出了一个中心，这就是权威！书记真是高。

　　后来张保也当了县委书记，第一次作报告，就把老书记的习惯发挥了个淋漓尽致。之后，逢会必问，且因人而异，因会而不同，越问越有水平。比如县长人大主任政协主席在身边，他就只问"是不是"，这好回答；如果是副职，可就是考你了，你管农业的就问你农业方面的情况，管工业的就问你工业方面的情况，吓得副书记副县长都不敢挨他坐。越这样，张保心里越高兴：一县上下，谁敢考小学生一样考这些人呢？只有自己！

　　但张保问话的机会说没有就没有了，换届很快到了。他先是退到了人大，又过了几年就退到了家里，真是官龄苦短哪！退二线后，张保和老伴生活在一起，老伴发现，张保总爱一个人待在家里。老伴还发现了一件怪事：每次她出门前屋里两对沙发是面对面，回家后就成了三只沙发并排，对面剩下一只。她把沙发摆好，第二次出门回来就又成了那样。老伴知道是张保干的，却不知道他这是为啥。一次，她假装出门拐进厕所，然后悄悄趴在窗台上看。只见张保把对面一只沙发搬过来，成了三只一排。接着把小猫抓来放在左边的沙发上，又把狮子狗放在右边的沙发上，自己端一杯茶水坐在了中间。这时老伴见张保一脸严肃，咳嗽了两声，居然一个人说起了话："同志们——"再听内容，他居然要为三级干部会作报告了。张保正作着报告，突然扭头问左边的小猫："你说对不对，陈县长？"一会儿又扭头问右边的小狗："是吧，刘主任？"

道 歉

某县交警队上路查车，以莫须有之名罚了外省一货车司机 30 元钱。货车司机一气之下，投诉到省报，省报马上曝了光。

交警队上下一片慌乱，连夜召开紧急会议，商量如何挽回这一事件造成的恶劣影响。

大队长先说："这一事件，无疑给我县公安交警脸上抹了黑，其政治影响非同一般。我认为应该对主要责任人严肃处理，并向外省司机同志退钱道歉，最后再请报社把我们善于改正错误的勇气和做法重新报道一次。"

副大队长发言："对，向外省货车司机道歉是很关键的，应该马上打电话过去，并把 30 元罚款汇过去。"

指导员一摆手："不行！道歉就要有诚意，必须当面才行。我认为应该成立一个道歉小组，专程赴外省去道歉。这才能体现我们交警队工作的扎实。"

大队长一拍大腿："指导员说得对！就由你担任道歉小组组长，抽一名副大队长参加。对了，当事人也得去，就让犯过错误的这两个同志去当面认错吧！"

指导员接受了任务，就问："怎么去呢？开咱们的车，还是坐火车……"

大队长批评他："坐火车怎么行？我们要的是效率，俗话说'兵贵神速'！"

"你的意见是……"指导员问。

"坐飞机去！速战速决。"大队长一锤定音。

几日后，省报"回音壁"一栏刊出一则消息："某县交警队知错就改，千里迢迢将 30 元罚款送回外省货车司机手中，司机感动得热泪盈眶，说万万没有想到……"

打电话

　　冬夜是不是太长了？今天值班的小雪看完连续剧《春光灿烂》，"啪啪啪"把频道拧了几圈，再找不出可意的节目，她就伸了一个懒腰，哈欠却没打出来——她真的一点都不倦。无奈坐进被窝，她忽然眼睛一亮，床头那部电话仿佛在朝她招手示意：小雪，我来帮你解闷吧。小雪按捺不住地欢喜，"打 168 人工信息台，找人聊聊天"。谁知电话回答她的却是"已经受限"，单位领导真是有先见之明，不知何时取消了这项服务。喜欢搞恶作剧的小雪并不灰心，她产生了一个念头，决定打几个陌生电话，并且给自己取好了名字，叫王丽。她按照本城的号码规律，随意拟好几个电话。

　　她拨通了第一个号码，接电话的是一个中年男声，多少带点官味，问："谁呀？"小雪心有些跳，回答："我是王丽"。那边一听便慌了，竟在电话中求开了小雪："王丽，明天你千万别去单位找我，影响多不好！你要什么我都答应，钱我给你，工作也帮你安排……我老婆在里间听见我接电话了，咱就说到这儿吧。"电话挂后，小雪想想这个男人的慌张样，不由笑了。

　　第二个电话是小雪先挂的。也是一个男人接的，言语竟无耻到了极点，小雪仿佛从电话中闻到了这个男子嘴里发出的恶臭，讨厌极了。半分钟后，受挫了的小雪又恢复了刚才的兴奋劲儿，她拨通了第三个电话。

　　这位一定是个很逗的家伙。小雪报了姓名，明明互不认识，这位却很热情地抓住"王丽"不放，问这问那，最后还提出约个时间和"王丽"见上一面，交个朋友……小雪咯咯笑着挂了电话，那位在电话一端直喊："别挂别挂，再谈一会儿……"

下一个电话是一个懒洋洋的女声，问完姓名，说："打错了，真烦！"便啪一下挂了电话。小雪正在兴头上，心说我要是再换个名字呢？她又拨通了第五个电话。

接电话的是个女人。小雪刚"喂"了声，对方就说："我知道你是谁了。我丈夫今夜没回来，一定又在你那儿了。"小雪一听来了劲儿，就顺口说："是在我这儿。"谁知女人却在电话里哭了，抽泣着哀求："他变心我不怪他，只要你们往后能断了。你知道我每天等他都等到半夜。要不是为了两个孩子，为了这个家，我早栽河里死了，我求求你，让他回心转意吧！我给你跪下了……"电话里果然传来"咚"的一声响，小雪的心一揪，电话那端的女人仍在凄凄地诉说，小雪却轻轻把话筒搁在了机座上。

竟有泪从小雪眼里溢了出来。

升 降

　　这年头看一个人混得好不好，一要看牌子亮不亮，就是带长不带长。二要看钞票鼓不鼓，从兜里朝外掉才算富。张清生小四十的人啦，还是有事得跟科长请假，上顿买了香菇下顿就得考虑吃白菜的小民一个，自然是跟不上步子了。

　　今年冬天，张清生和妻子咬咬牙跺跺脚，把积蓄全拿出来，买回一辆摩托车。家里一下子添了不少亮色，人前人后两口子也觉得气壮了不少。谁知去老丈人家，小舅子鼻子一哼说："要搁十年前骑辆摩托车可够风光的，现在……哼！"哼完又问姐夫："你知道现在啥叫穷人？"张清生答不出来，小舅子告诉他："过春节往家扛猪腿还一脸喜洋洋的，你去问吧，兜里保准没几个钱！"让小舅子这么一说，张清生顿觉矮了半截。

　　摩托车买了也得骑，上下班还是比自行车跑得快。张清生住的是家属楼，没有仓房，摩托就放在附近一个机关的车棚里，看大门的和他是拐弯亲戚。张清生每天发动摩托车从车棚出来，由于天气冷，总要关住车把上的风门停一会儿，让发动机预热几分钟。这个时候，张清生往往能碰见这个单位的姚局长，姚局长很自律，骑自行车上下班。张清生便把摩托车把一让，或把身子侧一下，问一声："姚局长上班来了？"姚局长便微笑着冲他点点头。等姚局长停好车出来，发动机也预热得差不多了，张清生又和姚局长打一声招呼，就轰大油门上班去了。一冬天这个镜头重复了好多遍。

　　姚局长的爱人也是局长，就在张清生那个单位。张清生对姚局长很尊重，从内心讲，不单单因为这个原因，更多的成分，是张清生觉得一个女同志当局长很了不起。他极佩服姚局长。次数多了，姚局长也记住了这个爱和她打招呼还常常给她让路的年轻人。"多好的年轻人哪！"尽管张清生小四十了，在姚局长眼里，还是年轻人。

冬天过后，当然是春天了。张清生的生活也变得阳光明媚起来，他提升成了科长。张清生没有想到，妻子也没有想到，单位的人更没想到。有人说："正轮倒轮，都轮不到他呀？"不管别人怎么议论，科长这个帽子却是摘不掉了，于是张清生就卖命地干起来。又去老丈人家，小舅子一脸恭敬，再不提猪腿之事，张清生心里很舒服，心说牌子钞票，我总占了一样。

转眼间到了夏天，张清生照常骑摩托车上下班，照常和姚局长碰面。天气热了，发动机不用预热，张清生在车棚里发动摩托车之后，一加油门，直接就走了。和姚局长碰面的时候，张清生一声："姚局长……"后半截话没说完就错过去了。为了能和姚局长打一个完整的招呼，张清生干脆省略了称呼，碰面时只问："上班来了？"在这个季节里，姚局长的脸色好像没有以前和气了，可能是天气的缘故吧。有几次，张清生开着摩托车出来，差点和姚局长撞到一块。摩托车速度快，姚局长不得不让一下，几次之后，姚局长脸上的微笑就没了。

夏天没过完，张清生的科长莫名其妙被免了。再去老丈人家，张清生又像从前那样矮了半截。小舅子消息广，问他："你知道船歪在哪儿了？"接着教训他："歪在姓姚的女人身上了。我一个同学和她沾点亲戚，给你打听清了，提升你是这个女人在她男人跟前夸了你几句，说你懂事有礼貌。降你也是她在男人跟前损你的，说你'子系中山狼，得势就猖狂'，见了她连称呼也没了，是不是觉得她快退二线了？她男人一气之下就把你撸了下来。"

张清生好不委屈，说："我怎么知道她要退二线？"

小舅子说："她确实再过两个月就该退了，这个时候的人最敏感。"

张清生听完一肚子苦水没处倒，说成也萧何败也萧何，自己这小科长真是来也匆匆，去也匆匆。心里叹一番气，又自己宽慰自己：

到底是女人，心眼就是窄！

投 票

　　组织部下来考察乡局级后备干部，有一项挺关键，就是民意测验。

　　张三想当后备干部，去找李四帮忙。先问："咱俩关系咋样？"李四回答："没说的，挺合得来。"张三就说："今年我想进步进步，民意测验时你能不能……"李四一下子懂了，把胸脯拍得山响，说："保证投你一票！"又觉得张三这样信任自己，只投他一票实在过意不去，于是就说："我再找其他同志发动发动，让他们也投你的票。"张三一听很感动，握住李四的手，使劲儿摇了半天才松开。

　　李四是出名的老实人，答应人家的事便一定要办到底，从不开"空头支票"。他一个同事一个同事挨着发动，说张三是个好同志，要能力有能力，要文凭有文凭……咱这次投他一票，中不中？同事答应了，李四还不放心，再三关照："答应了一定照办哪。"同事们都笑他，比自己的事还认真，真是个厚道人。于是都说："你就一百个放心吧。"李四很高兴，去告诉张三，张三又握住他的手摇了半天。

　　投票结果出来了，谁知张三只得了寥寥几票，李四竟几乎得满票，怎么会是这样呢？李四极不安，去找张三解释，说："我确确实实是让他们投你的票呀，怎么……"张三不听他解释，鼻子哼一声，冷笑着去了，李四更急了，不知怎么办好。

　　张三不相信李四，去问单位一个知己。知己告诉他，李四确实替他做了工作，张三纳闷了，说："结果怎么相反了呢？"知己替他想了一会儿想通了，说："李四为别人的事热心张罗，大家看他这么厚道，觉得他可信，才投了他的票。古语云：得道者多助嘛！"张三点点头，说原来是这样。

第二年，组织部又来考察，张三主动找到李四说："你这个同志不错，我不但自己投你的票，还要让大家都投你的票。"李四一听慌了，连说别这样别这样。张三开始找同事发动，说李四是个好同志，要文凭有文凭，要能力有能力，为人也厚道……咱们投他一票，中不中？大家都说：中。结果出来，大家果然说到做到，李四得了满票，张三这下傻了眼。

去找知己，问："今年我也学李四厚道了一回，咋没有生效呢？"知己替他想了半天，摇摇头，说鬼晓得这是怎么一回事。

张三窝了一肚子火，继而愤愤不平，心说咋就让你李四白捡个便宜？越想越气，就连夜给考察组写了一封匿名信，列举李四缺点 ABC，并揭发李四去年选举前找人拉票。考察组很重视，挨个叫人调查，同事们都如实回答：李四找人拉票不假，可他不是给自己……考察组很生气，给谁拉票都是违反组织原则，一经研究就把李四的后备干部给取消了。

张三肚子里的气消了，去找知己，说："我当不成，他李四也当不成。"知己问："李四这事是怎么回事？"张三告诉他："我一封信就把他撸下来了。"说罢张三笑了，他不放声笑，只在嗓子眼儿里憋着打嗝儿。知己吃惊地盯着张三看，身上直起鸡皮疙瘩。知己忽然一拍大腿，把张三吓了一跳，知己说："我找到答案了！"

"说说看。"

"李四那样做大家投他的票，你那样做却没人投你的票，是因为……"知己说了一半又敛了口。他觉得还是不说出来的好。

手机掉进了便池里

　　县饲料厂设宴请客，客人是税务局马局长。五粮液，穿鳖蛋，名酒好菜，喝得不亦乐乎。中间，马局长要去卫生间，厂长赶紧陪着。在卫生间，马局长蹲了一会儿，起身时身上一件东西"吧哒"一下掉进了便池里。马局长唉哟一声，厂长赶紧问啥东西掉了？马局长说是领带夹，厂长"嗨"一声，说："我还以为啥宝贝呢，一个领带夹，回头我给你弄一个。"

　　厂长说话算话，第二天就给马局长送来一个领带夹，在一个珠宝盒里包着。厂长走后，马局长打开，立即喜笑颜开。他掉进便道的是一个十几块钱的领带夹，而饲料厂厂长送他的却是一个6克重的纯金夹，还有金店的发票呢。马局长意味深长地笑了。

　　这以后，马局长就多了一个毛病：人家请他时，中途必上卫生间，上卫生间必往便池里掉东西。而且因人而异，如果是大老板请客，马局长就掉手机或商务通；如果是小老板，就掉BP机、手表什么的；如果是一般个体商贩，就掉钢笔一类的小东西。每次回到席间他就嚷嚷服务员去找带钩的棍子来，要去钩他的东西……人家见了，赶紧拦他，说："脏了还咋用？别管了，改日给你换新的！"

　　一次纺纱厂请客，马局长手机又不慎掉进便池。回到席间一说，纺纱厂厂长没来，作陪的是财务科长，他偏偏是个认真人，真找了一根带钩的棍子捏着鼻子去便道里往外钩，弄了半天，里面什么也没有。财务科长怀疑地说："手机那么沉，不会一下子就冲走呀？"一桌人都瞅马局长，马局长脸红脖粗，但他反应挺快，伸手去内衣一摸，手机出来了，然后照自己头上一拍："真是的，喝多了。"

149

结果呢，第二季度，纺纱厂的税收翻了一番。厂长很恼火，立马把财务科长免了，说他没眼色，把个财务科长气得几顿没吃饭，心说世上哪有这等事？

不久后，一个福建商人要在当地开办珠宝玉器行，宴请马局长。马局长旧戏重演，手机又掉进了便池，还心疼得直叹气："刚买的，液晶显示！"福建客人一摆手，不在乎地说："没关系的啦，我送你一部最先进的手机，感应触摸，世界一流。"马局长一听心花怒放。

过了两天，在马局长办公室，福建商人把一部手机送给了马局长，请马局长以后多多关照。马局长一拍胸脯，说："税费大小还不是我一句话，叫它跟弹簧一样，压住就小，弹起来就大，放心吧，你的事包在我身上了。"

又过两天，马局长被请到了反贪局。新来的反贪局长亲自审问，马局长一看，傻了：这不是那个福建商人吗？原来纺纱厂财务科长气愤之下举报了马局长，并给新上任的反贪局长出谋划策，导演了这一幕。

健 忘

厮混官场二十余载，牛主任练就了一身游刃有余的应变本领。比如他答应过给某人办某事，某人等了很久不见动静，问及，牛主任会一拍脑门，眨眨眼，一副恍然大悟状，连连责怪自己："瞧我这脑瓜子，又忘了，又忘了！"久而久之，人送外号——健忘主任。

退休之后，牛主任不再管事了，也就没什么事情需要健忘了。在家一日日闲着，觉得闷得慌，就想到老家走走散散心。牛主任去机关要车，心里忐忑不安地想：人家还给咱面子不给？找到办公室，王主任见了他又是递烟又是泡茶。说老领导用车，还敢马虎。牛主任听了心里热乎乎的，心说："当初把小王从基层提拔上来，自己没有看错呵。"

次日一大早，老伴就拾掇好包裹，开始等车。却迟迟不见车来。牛主任心里急得慌，口里又劝慰老伴："别急别急，一定会来的。"十点多钟的时候，院外响起一阵喇叭声。老伴满脸欢喜，乐颠颠地拎着包裹跑出去。牛主任暗暗松了口气。谁知老伴刚出去又折了回来，一屁股坐下来：是给人家新主任送面的。接着奚落牛主任："瞧瞧，一下台就不一样了吧？"牛主任听了火气腾一下燃上来：好你个小王！新主任一袋面能车来车去，就不能给我派车？

他气冲冲去找小王，要讨个道理。他想着今天豁出这张老脸，也要把忘恩负义的小王骂个狗血喷头。到了机关，小王满脸笑容，请他坐下。牛主任黑着脸，故意不说话，心说：看你怎么解释？小王坐下来。像突然想起什么似的，抬起右手照自己脑门上一拍，皱皱眉，继而作幡然醒悟状，连说："对不起，瞧我这脑瓜，忘了，忘了，该打该打。"

　　牛主任一怔。他万万没想到小王也会拍脑袋，而且动作娴熟之极，加之表情自然，跟真的似的。不知怎么的，牛主任的火气"忽"地一下没了。

要账公司

　　我的要账公司在小报记者们咔嚓的闪光灯中挂牌成立了。

　　开张伊始，我先在一家小报上了一个专版："YZ 公司总经理赵文辉携全体员工向全市人民致敬"，大红标题下的我，手执大哥大，一副十足的经理派头。除了给我拍照的小报记者，似乎没有人怀疑那只大哥大是真是假。下面是本公司的郑重承诺：先要账，后收费，若不奏效，分文不收。

　　我接待的第一位顾客是一家装潢公司的小经理。他说"四海春"酒家欠了他们 20 万装修费死活不给，要急了"四海春"老板，就拿服务小姐顶，说一人一夜一千行不行？我听了笑了，问："四海春"是不是从上到下全是女的？她们个个珠光宝气、香气扑鼻，卫生得像旧社会的大家小姐？小经理点点头。我说你立即找两个衣衫不整者去讨账，见了她们就吐就咳，每人喉咙里要像装了一只风箱一样，一扯一送不停地咳，一边咳一边说：我这乙肝两年多了还没治好！小经理听了立即眉开眼笑，说我懂了。又问这叫什么法？我说："卫生排斥法。"

　　第二位顾客是一家棉麻公司的黄经理，说皮包公司邢某欠了他们 50 万棉花款分文不给，官司也打了，法院也判了，对方却根本不在乎！要钱没有，要人有一个。黄经理却不敢让法院真抓他，怕弄急了一个子儿也不还。前一段邢某生病住院，打电话过来，黄经理又送去 2000 元药费。邢某要是有个三长两短，找谁要账？我仔细询问了邢某的家庭人口之后，一拍大腿：有了！我招呼黄经理附耳过来，口授了"赵氏要账三十六法"之三"围魏救赵法"。要黄经理物色三五个又蛮又横的部下，长相打扮最好像港台电视里黑社会的老大老二，开进邢某家，天天接送他的两个儿子上学，保证不出一个月邢某就会往外吐钱了。黄经理喜滋滋扭头就走，说：我去试试。

第三位顾客是一家小型食品厂厂长，他说欠他们厂钱的都是大企业，牛气得狠，找他们要账，都不理，问我有啥好法。我说对付这些有头有脸的人最好用我的"影响形象法"。你去厂里选几个漂亮女工。厂长直摇头，说：你是让我用美人计？不成，不成……我说你听我把话说完，不是让你动真格的，你让这些女工称2斤瓜子拿一件毛衣去欠账户领导办公室嗑瓜子打毛衣，只要一有人进去就拿毛衣往领导身上比，嘴上娇滴滴地问：合不合身哪？此法使用2至3次即奏效，保证一个子儿不少，全给你们。厂长像当年诸葛孔明帐下的魏文长，领命而去。

一个月后，小经理从"四海春"讨回10万元，黄经理从邢某处讨回28万元，食品厂外欠全部收回。头三脚踢得响，要账公司一时间名声大噪，顾客络绎不绝。他们一个个愁眉苦脸进，又一个个喜笑颜开出，我却累得几次差点休克。

正当要账公司生意一天比一天火爆的时候，一个严重问题出现了：欠我要账公司费用的客户竟达三百余家，金额5万元，当我去找欠户要账时，他们一个个冲我摊手，说：没钱。我问：不怕我的"赵氏要账三十六法"吗？

他们听了，嬉笑不止，说我们早把你的要账法研究透了，没什么了不起的。

——不就是"围魏救赵法"吗？只要人一进我家，我就打"110"报警。

——不就是"影响形象法"吗？只要是漂亮妞，我就假戏真做。

……我大吃一惊。

最后，我不得不关闭了自己心爱的要账公司。

有 病

　　小魏读报纸读到一篇生活散文，题目叫《真想病一回》。小魏盯着那个题目，悄悄望望埋头工作的同事，脸一下子红了。

　　小魏是从基层选拔来的，他有写材料的专长。调来不久，局里一连出了两个病号，小魏感触极大。第一个病号是人事科长，血压差点"攀登上珠穆朗玛峰"，住院了。局长听说后带领领导班子去医院探望，这是代表单位的。接着业务科一行几人抱着方便面、白糖、水果去了，再接着财务科、统计科、工业科……这全是个人凑份买的东西。第二个病号是出纳员王菲菲，义务栽树扭伤了纤纤细腰，在家休养。照例先是领导班子，接着几个科室。办公室小胡在乡下奔小康，听说了急匆匆赶回来，单独行动了一次。王菲菲家在城郊，大家全是坐车去的，大包小包从车上抱下来，邻居都站在远处啧啧，好不风光！小魏也去了，心说：一个人有病全机关都来看望，局里的同志真好！小魏很羡慕那份风光……今天，他的心思无意间让这篇文章说破了，就不好意思起来，好在同事也没注意。

　　谁知没几天小魏真的病了。发高烧，顽固性扁桃体发炎，扎了几瓶液体才稳住炎症。妻子打电话给他请过假，却发现病中的小魏双眼烁烁，很亢奋的样子。小魏见妻子放下电话，就指挥她：把家里的卫生搞一搞，同事们可能要来看我。妻子明白了，里间外间打扫一遍。小魏又指挥：买些糖果瓜子，同事们来了不能干坐着。东西买来，小魏继续安排：再买一瓶空气清新剂，要桂花香型的，把阳台上的花也搬进一盆来。妻子一一照办了。桂花香飘满居室时，小魏满意地笑了。

次日，局长没来，同事也没来。

过一天，仍没人来。

第三天，楼下一阵汽车喇叭响，小魏赶紧吩咐妻子摆上糖果香烟。等了好一会儿，却不见人来，原来是一楼的客人。

第四天，楼道一阵脚步声，听着不像一两个人，小魏一激灵坐起来。脚步声却一直上楼去了。

门，还是被人叩响了。是人事科的小赵，小魏初中的同学。未等小赵放下水果，小魏迫不及待地问："这几日机关很忙？"

"老样子，不忙。"

"请假的人很多？"

"不多。"

小魏不往下问了。小赵看懂了他的意思，告诉他："你想问为啥没人来吧？你别比人家人事科长，人家管着调动调资……咱一个小兵，谁放在心上？"

"那王菲菲呢？"

"人家丈夫在组织部干部调配科当科长，连局长都高看她两眼呢。"小赵说完又宽慰小魏："现在的人，哪个不是眼皮朝上长呀？"小魏听了，什么也没说。

过几天小魏病好了，精神却蔫蔫的。

不久后小魏又病了。那天妻子拿起电话给他请假，刚拨通电话："喂——"小魏忽然抓过电话，"啪"一声挂了，吓了妻子一跳。停了停，小魏才重新拨通了机关的电话："喂，科长吗，我爱人病了，我陪她上医院……"

说过之后，小魏愣了。妻子也愣在那里。

妻子见小魏眼睛红红的，就没有怪他。

抢 种

　　秋雨过后，天"嗷"地一下晴了，地皮开始发干，犁能下地了。农人开始忙活起来，翻耕、撒肥、播种、括地垄，一刻也不敢停息，听天气预报说，过几天还有雨，并且是连阴，要是这几天播不进种子，一耽误可就是十天半月。种播迟了，出苗晚，遇见冷冬，明年收成十有八九要受影响。庄稼可是农民的命根子呀！这一情况让市里分管农业的副市长下乡了解到，大惊，急忙赶回市里，让秘书连夜起草了一个《关于在全市农村开展抢种的紧急通知》，第二天就召集下面八个县分管农业的副县长，作了详细布置。

　　农情即战情。副县长们上午开完会，下午回去就让秘书依照市里的文件重新起草文件：《关于在全县开展抢种的紧急通知》。通知明天来开抢种紧急会，为了表示重视，要求各乡必须由乡长亲自参加。次日乡长们领了文件，得了会议精神，马不停蹄赶回去，叫办公室起草文件：《关于在全乡开展抢种的紧急通知》，通知各村明天来开会，支书和村长都得来，有事需跟乡长请假才行。第二天支书村长们到齐，相互打听，啥会这么重要？是不是要换届了？会议一开始，文件一到手，支书村长们齐"嗬"一声。他们搓搓手上的泥，掸掸裤腿上的土，耐着性子听乡长传达精神，又一二三四五作安排。一晃就到了中午。上午还明晃晃的太阳现在却钻得无影无踪，天又阴了？支书村长们的心也阴得要命：家里正等着他们去抢种呢。散了会，乡长宣布食堂有饭，支书村长们一个比一个急着往回赶，哪个还有心情吃饭？走到半路，雨点瓣里啪啦砸下来。

　　半个月后，副市长下乡巡视农情，见耕种基本结束，光溜溜的田野上几乎不见人影，他对秘书说：亏了及时开会布置呵。偶见几处还在播种，副市长就笑着说：这一定是那些特懒特懒的庄稼汉。停车随便问问，竟是村干部。再问原因，村干部就埋怨：都怨上头开啥抢种紧急会，误了我们播种，本来打个电话就中了，硬是开了一大晌。村干部不认识市长，埋怨完又说：种了一辈子地，哪个不晓得抢种？上头又发文件又下精神，真是神经！

副市长讨了个没趣，赶紧走了。

坐电梯

赵作家原在一家山区供销社当副主任，受市场经济的冲击，供销社经营不当，黄了。市里一家小报招聘编采人员，赵作家揣着一摞发表过的诗歌散文来找总编，总编把他要了。来上班，媳妇也跟了来，说要看看编辑部的女同志嘴唇抹得红不红，头发黄不黄，长得妖不妖，千万别没挣着钱又让哪个妖女人勾了去，那还不如在家跟着她种大蒜。

编辑部在七楼，得坐电梯上去。远远地看见白白的电梯门哗啦一开，有三个人踏进去。赵作家拉着媳妇紧跑几步，还是没赶上，两人只好等下一趟。不一会儿，电梯门哗啦开了，有两个人从里面出来。赵作家拉住媳妇往里面进，却拉不动，媳妇用劲儿挣着不动势。后面的小伙子不耐烦了，叫他们让开，人家进去了。电梯不等人，又上去了。赵作家看媳妇，媳妇红了脸，小声问："它咋会变人呢？进去仨，出来俩。"赵作家扑哧笑了，解释一番，媳妇半信半疑。这时电梯门又开了，一个小姑娘咯噔咯噔走出来。媳妇一见，拉住赵作家就跑，一边跑一边说："可不敢进，进去一个男的，出来一个女的，把人都变了种！"赵作家哭笑不得。媳妇也顾不上看编辑部的女同志妖不妖了，让赵作家把她送上车，走了。

赵作家再坐电梯，正好一个人，他就对电梯感慨道："老兄，你真有能耐，硬把我媳妇吓跑了。"上了七楼，赵作家又摁一下三角键，重新上下了一遍，还狠狠踹了电梯几脚，"嘿，我媳妇怕你，我可不怕你！"这才去上班。

谁知第一天，赵作家就让电梯耍了，那是下班后的事。一群俊男靓女拥着总编进了电梯，赵作家像一只被丢弃的瘸腿鸭，跟在后面。上去后电梯门却迟迟不合，不知哪个部件像只沙哑的叫驴一样叫起来。那帮俊男靓女愤怒地盯着赵作家，赵作家身上霎时起了一层鸡皮疙瘩。这时总编很宽厚地一笑，提醒赵作家："超员了，你最后一个上来，是不是先出去，等下一趟？"赵作家如梦方醒，惶惶地退了出去。一出来，电梯门哗一下就关上了，仿佛多嫌他似的。还是有声音从里面钻出来：

"哼，真没眼色！"

"乡下人嘛，电梯超员都不知道。"

"真是一个土鳖！"

"哈哈哈……"

赵作家一个人待在七楼，脸臊得像只红冠公鸡。他发誓以后说啥也得长长眼色，再碰见电梯超员，哪怕不是他最后一个上，也要第一个蹦出去。

几天后，赵作家又一次遭遇电梯超员。是印刷厂送来了印好的报纸，几十捆，往七楼搬，到七楼再搬到发行部。极具平民意识的总编被那群俊男靓女簇拥着也来搬报纸。为了弥补上次的失误，给大家留个好印象，赵作家干得很卖力，人家一次一捆，他拎两捆。赵作家挺胸收腹，左右开弓，像拎着两捆割倒捆好的麦子一样，噔噔噔一趟又一趟。报纸搬进电梯，一干人也上去，这时电梯又像沙哑的叫驴一样叫起来。有了上次的教训，赵作家不想再当没眼色的土鳖，第一个反应过来，说一声："我出去啦！"嗖一下跳了出来。电梯门关闭的一瞬间，又有声音传出来：

"哼，怕到楼上再搬报纸，懒货一个！"

"谁说土鳖没眼色，瞧，多机灵！"

"哈哈哈……"

赵作家傻在那里。

几天后，赵作家精神几欲崩溃，辞了这份工作。临走，他来跟电梯告别："老兄，当初我真小看你了！"

回到家，媳妇一把把他抱住，检查他身上少了什么没有。确信赵作家还是原来的赵作家时，媳妇长出一口气："回来就对了，城里有啥好？电梯都恁不实在，人还能实在了？"说罢吩咐赵作家明天就进城买蒜种，说正好得赶紧点。

卖大蒜

赵作家去乡邮局取稿费，这是很庄重的事，免不了要拾掇拾掇。找领带时找出两三打袜子，一定是媳妇买过一回，忘了，又买了一回。赵作家很恼火，黑了脸责怪媳妇不知道过日子，买袜子也不知道看看库存，买这么多让老鼠啃呵。媳妇很委屈，说："你从供销社下岗后啥也不干，我种大蒜供你吃供你穿，供你投稿买邮票，你却不知好歹，鸡蛋里挑骨头，专找我的刺儿，你还有没有良心？"说着眼圈红了，"眼下大蒜卖不出去，你也不替我想想，我一个娘儿们家，难不难？"

赵作家心软了，给媳妇擦眼泪，还拍着胸脯说："我的文章都能推销到全国各地，这几亩大蒜还算个事？"媳妇破涕为笑，说："我都捆好了，你明儿个就去县里推销吧。"

几亩大蒜全码在院子里，没有掰成蒜瓣也没有拽成疙瘩，而是连叶带蒜一串串编在一起。今年售蒜的时候，由于公路限制超吨，运费突长，收购商承受不住，火车皮又紧张，大蒜就积压了。怕烂，媳妇就一串串编起来，媳妇从小就是村里有名的编织能手，这回又派上了用场，一串串大蒜连在一起，干净整齐，简直像一件件工艺品。赵作家第二天挑了几排最整齐的，用箩筐装了，绑在自行车后座上，进城卖。

来到县里最大的农贸市场，赵作家支好车，把写好的一张纸展开，"卖大蒜"三个字抖搂出来。刚支好摊，一个大盖帽走过来，工商管理员，要收 2 元管理费。赵作家说还没开张呢，大盖帽不听他解释，催他快点，说几百户得会儿收呢，别耽误工夫了。赵作家只好先把媳妇给他的午餐钱拿出来交了。一会儿，又一个戴大盖帽的黑大个摇摇晃晃过来，又要2元，城市管理费。赵作家刚申辩一句不是收过2元了，黑大个抬腿照他的自行车就是一脚："不交费，给我滚！"自行车哆嗦了一下，吓得赵作家赶紧拿出昨天的稿费交了。赵作家昨天取了12元稿费，8元买邮票，现在手里只剩下2元，正要往兜里装，有人冲他喊："别装了，交卫生管理费吧！"又一个大盖帽过来，直接从赵作家手里接过那2元钱，说："我们是环卫处的，谢谢你对我们工作的大力支持。"赵作家傻在那里。这时，赵作家看见人头攒动，一个大盖帽正往他的大蒜摊跟前挤。赵作家大惊，推起车就跑，大盖帽在后面喊："卖蒜的，别跑！"赵作家吓得跑得更快了。

人太多，赵作家跑不利落，被大盖帽拽住了后车架。大盖帽从筐里拎起一串大蒜，满脸欢喜："找的就是这种！"赵作家说："我反正没钱了，只有大蒜，要抢你就抢吧。"大盖帽扑哧一笑："你把我当成啥了？我是'悯农山庄'乐队的队长，兼管山庄的形象策划，你的大蒜编织得太美了，比工艺品还工艺品，我全买了！"赵作家这才长出一口气，说吓死我了。

"悯农山庄"是一个度假村，他们把一串串大蒜挂在屋檐下后，让人眼睛顿然一亮，整个山庄响起一片叫好声。大盖帽说："不够不够，再去给我弄。"赵作家心里马上笑开了花。

受了启发，赵作家不再把媳妇种的大蒜当食用品卖，而是当工艺品推销。他开始找县里的酒店、茶馆、精品屋联系业务，又跑到市里他曾经打工的那家小报做了两期广告，嘿，真别说，几亩大蒜卖了个精光。等到别的人家也想效仿时，县里市里的市场却已饱和，他们是秋后点玉蜀——晚了。

媳妇杀鸡宰鱼把赵作家犒劳了半个月，又捧着赵作家的脸细端详："他爹，你真厉害，几亩大蒜才几天就卖了个精光！"赵作家心里很得意，嘴上却谦虚："你忘了我在供销社分管的是业务，发挥专业嘛。"

装 大

豫北乡下有接班、招工、上学分配到城里的子弟，回一回村里总想显摆显摆，有车的闹个车回去，滴滴答答在村里兜一圈，好不威风！闹不动车的就多装几盒好烟，一进村逢人就掏烟。见村人接了烟，刁在嘴上就吸，什么也不问，掏烟人很失望；若村人接了烟左瞅右看，问是啥牌子多少钱一盒，掏烟人便很兴奋，"精红旗渠，八块半一盒！"村人啧啧，掏烟人很自豪，弥补了闹不上车的失意。也有闹不上车硬闹，只有一成本事硬充十成的，付庄张老疙瘩的小子张雷就是一个。

张雷商校毕业后分到县商业局办公室写材料，小子别的毛病没有，就是爱装大，没本事硬充有本事。在办公室明明是个干事，回付庄偏说自己是头头，管车又管招待。村支书听说了，来县里办事就找他混饭，还问他能不能搞一壶汽油，家里有辆摩托。张雷胸脯一拍，"小事一桩"，回家犯了难，单位哪有他说话的份？不光吃饭掏腰包，最后又自己去加油站买了一壶油给村支书。

不久前，县里成立一个"政务六公开办公室"，在下面局委抽人，单位派了张雷去。"政务六公开办公室"设在县委大院，第一次去，门卫拦住他登记，张雷说是来帮忙的，门卫就放他进去，还说今后不用登记了。张雷很兴奋，感觉自己也是县委大门里的人了，见人家出出进进都夹个公文包，他就也买了一个。再碰见熟人，人家问他干啥去，他就说调县委了。这事传到老家，村支书便让人捎信来，要张雷抽空回去坐坐，指点指点村里的工作。张雷一口答应了。

星期天，张雷找到一个熟人，要借人家的手机用一天。熟人不想借给他，张雷死缠活缠，说：放心吧，这个月我替你交费。熟人说是神州行，不用交费直接买充值卡。张雷二话不说跑大街买了一百块钱充值卡，对熟人说："我一天撑足打七八个电话。"熟人没法，借给了他。张雷出发前又一再嘱咐老婆，中午十二点之后给他打几次电话，嗓音装成男的，别多说话，只管哼哈。借了手机，又到处借车。眼看快晌午了还没联系好，最后没法就去街上雇了一辆出租车。到了村口，张雷赶紧让司机把车顶的出租招牌拿了下来。

村支书迎了出来，啧啧：张雷都有专车了，真混出模样来了。张雷夹着公文包，很有气度地和他们一一握手。谁知身后出租司机呼一声走了，连个招呼也没打。村支书一愣，张雷赶紧打圆场："司机母亲住院了，跟我请了假回去看看。"村支书准备了八大盘十大碗，还喊来付庄两委会全体班子作陪，款待村里唯一在县委上班的大干部。刚一入席，手机响了，张雷拿出来接："喂，谁呀？陈书记！中午让我陪客人？真对不起……""啪"关了手机，一旁早惊呆了一班村干部：老天爷，陈书记可是咱县的老大呀。

酒过三巡菜过五味，张雷一抹嘴要走，说下午还要给陈书记赶写一个讲话稿。村支书问："车呢？"张雷拿出手机说给司机打传呼，又啪一下关了，对村支书说："司机母亲下午要出院，我把车让给他用了，你派个车送我吧。"村支书说："咱村只有拉沙的大卡车，降低你的身份了……"张雷说没关系，就坐了一辆卡车回城。

司机小时候和张雷同过学，一路上直夸他有本事，进了县委，迟早混个乡长书记，到时候可得拉拉咱这没成色的老同学。张雷心里美滋滋的，对司机说："以后有啥事直管说！县里一般部门我说话都管用。"说着话到了收费站，司机歪头问他："这儿认识不认识人，咱不用缴过路费了吧？"张雷心里叫苦，却也得硬撑住，就伸出头和收费员说他是县委的，下乡搞调查了。收费员打量他一番，又看看这个大卡车，摇摇头，让他出示工作证。张雷说忘带了。收费员说我们认证不认人，缴费吧你。

司机瞅张雷，张雷脸腾一下红成了猴屁股。

目　光

后备干部张清生要考乡长，经人介绍认识了县委组织部干部科科长刘长庚，刘长庚暗示要给他一份资料。

张清生兴冲冲去组织部找刘长庚，刘长庚却闭口不提给张清生东西的事。一连去了三次，每次刘长庚都很热情，又是握手又是让座还用一次性杯倒水，就是不提那天酒桌上说过的事。张清生纳闷，回家跟妻子一起分析，妻子一拍大腿，"响锣还用重锤敲，刘科长能白白给你复习大纲，你咋也得感谢感谢人家呀。办公室咋感谢，去家里呀。"

说行动就行动。当天晚上张清生雇了一辆三轮出租车，七拐八转摸到了刘长庚家。刘长庚住的是个二层楼的独院，张清生摁了门铃通报了姓名，保姆给他开了门。三轮车司机把牛奶、核桃、香烟一件件摞到张清生胸前，张清生抱着这些东西进了刘长庚家。刘长庚脱了外套，显得很家常，见张清生胸前摞得小山似的礼物，就责怪他几句："来就来吧，还拿啥东西？见外了，呵！"

坐下来，张清生不免有些拘谨。张清生平时有一个习惯，左手喜欢揣在裤兜里，不管走路还是坐下来跟人说话，今天又是这样。刘长庚瞥了一眼张清生的左手，态度很随和，全没了在办公室时的那份威严。给张清生递上一些水果，又问了一些家常话，爱人教什么课，小孩多大了。张清生一一回答，感动得不知说啥好，觉得世上还是好人多。又拉了一会儿，张清生的左手还没离开裤兜。刘长庚意味深长地一笑，起身到楼上书房去，拿下来一份资料，对张清生说："清生啊，我这资料一般可是不送人的，这是从省讲师团求来的。高部长一份我一份，出题范围就在里面……"一见复习资料，张清生的眼睛就像加了电压的灯泡一样，"刷"一下亮了，他呼气也有些紧张了。他毕恭毕敬地站起来，刘长庚也有些激动，紧盯张清生的左手。张清生双手来接，左手里面却是空的。刘长庚有些迟疑，张清生接了资料提出告别，刘长庚说别急，再喝点水。张清生一边说感谢话一边落座，左手又抄进了兜里，刘长庚的眼睛马上又五光十色起来。两人聊得实在没话可说了，张清生再次提出告别。握手的时候，为了表示尊敬，张清生伸出了双手，握完手，左手又习惯地插进裤兜，就牵了刘长庚的目光，一直跟着他到门口。三轮早走了，张清生只好步行回家，就扑哒扑哒走了，左手却再没伸出来。

张清生并不知道，他身后的目光于是很失望，也很生气。

张清生走出好远了，身后忽然有人嗒嗒嗒追了上来。他一看，是刘长庚家的保姆，保姆说刚才刘科长给错他资料了，并且要把资料要回去。张清生赶紧把资料给了保姆，然后问保姆："我要的资料呢？"保姆说不知道，然后拿着资料回去了。

回家给妻子说了，两人都觉得这事有些蹊跷，于是决定给那个介绍人打个电话问问。介绍人听了张清生见刘长庚的全过程，气得在电话里把张清生骂了个狗血喷头："猪脑子，木头疙瘩！书呆子！两件牛奶两条烟，你打发叫花子呀！"

张清生慌得像偷了人家铅笔和橡皮的小学生一样："这该咋办？这该咋办？"

"你再去一次试试，死马当活马医吧。"介绍人叹一口气，挂了电话。

第二天，妻子回了一趟娘家，找娘家兄弟借来五千块钱。晚上，张清生揣上去刘长庚家，摁了门铃，一报姓名，保姆却说刘科长不在家。他在门外徘徊了足足两个小时，思量再三，终于决定通过电话向刘长庚解释一番。挂通了刘长庚的手机，里面"喂"了一声，张清生仿佛捞到救命稻草一样喊："刘科长，我是张清生！"对方却啪一下挂了机。又打，对方仍然不接，再打，关了机。

张清生彻底失望了，他知道，自己把那目光惹了。

送爱心

王胖倒霉透了：老婆下岗，炒股赔钱，儿子又患上了脑炎，不得不去北京住院。听说为了省点钱，王胖和妻子在北京一天只吃一顿饭……

这事传到单位，领导很心焦，说救助救助王胖吧。单位就组织了一次献爱心活动，领导带头，职工踊跃，一下子捐款 1380 元。下一步，该是考虑如何把这爱心送给王胖了。

为此专门召开局长办公会，大家一致同意派专人进京送爱心。让谁去呢？

有人先发言："当然得由局长去！您是一局之长，您要不去就体现不出领导的关怀了。"这马屁一拍，书记在一边不高兴了。局长马上圆场："书记也得去，这精神文明建设的事，本来就归您管嘛！"

书记这才转怒为喜，也提了一个人："这 1380 元是全局同志的拳拳之心哪，路上千万不能搞丢了，安全起见，不如让保卫科长参加护送。"

局长马上点头同意，要知道保卫科长五大三粗，听说还会两下子，现在路上那么乱，有他跟着可以放心睡大觉了。于是一行人肩负重任，连夜定了机票去北京送爱心了……结果把王胖感动得热泪盈眶。

一周后圆满归来。办公室主任去财务科报销差旅费，这次进京，飞机票、住宿、出租车……共花去 13366 元。出纳小刘一边点钱，一边就顺嘴把心里想说的话说了出来："要是把这一万多元省下来给王胖，该顶多大事！"办公室主任听了，笑得很不是个滋味。

……不久后，小刘调离财务科，到后勤处打杂去了。

实事求是

全喜来找王满打听一件事：全喜的儿子在乡信用社当出纳，有人给介绍个对象，就在王满所在的县民政局里上班，叫张明月。全喜问王满："不知这个闺女咋样？"

王满一听头摇得像拨浪鼓："张明月根本不检点自己，跟好几个男的拉扯不清。你猜人家给她起个啥外号？"全喜赶紧支起耳朵，"'公共厕所'，可不能让大侄子吃这个亏。"王满是出名的老实人，一张口全是实话。

全喜听后直吸冷气，拽住王满的手一个劲儿叫兄弟，说："多亏你交了实底，要不咱王家的门风就栽了，你不知道媒人咋夸她哩……"

王满很生气："这个媒人，怎么不实事求是！"

不久，一个熟人又来向王满打听张明月，还是要给这个人的儿子介绍对象。

王满又实事求是了一回，还说了堂兄全喜找他打听张明月的事。熟人回家说给自己的儿子听，儿子却不以为然："鬼才信王满的话！你知道他为啥说人家小张的坏话？一定是小张看不上王满堂兄家里那个土包子，王满在使坏呢。"

熟人想想，也有这个可能，便鼓励自己的儿子直接去找张明月谈恋爱。他儿子和张明月一热乎，就把找王满打听张明月的事也说出来了。

张明月很恼火，人前人后明里暗里把王满狠骂了几次。

后来他们没谈成，张明月更加迁怒王满。

王满感到自己里外不是人。

再后来王满爱人单位有人来打听张明月，人家相信王满的老实，并对他说，这事全靠你了。

这一下王满不由左右为难了，考虑了一阵子，才下决心说了一回假话："这个小张人长得不错，又懂礼貌……"

那人连说谢谢，回家后让儿子放手去发展爱情。

张明月这次小心翼翼很是收敛，两人很快发展到了谈婚论嫁的地步。

男方又来请王满做第二媒人，王满推辞不肯。那边三次拎着礼物上门，最后王满再无法推了。

局里的同事听说王满做了张明月的媒人，起初都不信。后来见事成了，又都想不通。费劲儿想了一阵子，不知道谁率先想通了："张明月一定给了王满什么好处，要不王满那么老实咋会替她说好话？"又有人说："一个女的，能给王满什么好处？"

大家似乎大悟，一齐说："原来这个王满也不是个好东西！"

都是架子惹的祸

赵作家没写小说前，曾在一家乡级供销社当过几天副主任，按行政级别，属副股，县委组织部有备案。在那之前，赵作家在一家轧花厂当厂长，一把手，正股。为啥降了呢？腐败了？NO！是"工作需要"，上级的一句"工作需要"，他就降了。

干过正职的人干副职，官架端得挺足的。开班子会，赵作家总是最后一个到，披着衣裳，端着茶杯，慢慢悠悠踱进来，落座，品一口茶，放杯，左右环视一眼，眼神很威严。正主任在一边坐，弄得自惭形秽起来，心里称赞赵作家：毕竟是当过一把手的人，与众不同！结果会议程序便不伦不类起来，正主任不知不觉变成了配角。赵作家心里很受用。

一天，赵作家从家里赶来，打开办公室的门，出纳员小张提着拖把跟进来，每天办公室的卫生都是小张打扫的。拖完地，小张又把暖水瓶提走了，每天的开水也是小张他们烧好送来的。这几日赵作家扁桃体发炎，喉咙疼得很，一天就得一暖水瓶水喝。赵作家读了几页报纸，便觉得喉咙疼，咽口唾沫都得像鸭子一样伸伸脖子。水！可是水还没送来，也许还没烧开吧。

不觉到了半上午，水仍然没送来。赵作家觉得不对劲儿了，起身去了一趟小张他们的办公室。原来小张去县里送报表了，开水已经烧好，暖水瓶就在小张办公桌底下立着，瓶盖没盖严，还有丝丝缕缕的热气往外冒。赵作家瞧了一眼，赶紧把目光移开。几个下属问赵作家："赵主任有事？"赵作家摇摇头，说随便转转。是呀，他怎能说开水瓶呢，一说，还不得自己提走？那多掉架子？

　　上甘岭的滋味是什么滋味？下午赵作家算是体验到了。好几次他拿起电话，想给那几个下属打电话，叫他们把暖水瓶送来。举起电话他又犹豫了，这样做，不是在向他们要水喝吗？当个副主任，就这么没身份！ NO，渴死也不打电话！

　　结果呢，苦熬了一天的赵作家扁桃体急剧增大，趔趔趄趄回到家，当晚就挂起了点滴，输的是先锋霉素。

李 四

　　李四第一天上班，穿了一件崭新的中山装，衣扣领钩扣得规规矩矩，衣兜上还别了一支钢笔。站长对他印象不错，就让他干勤杂。几日后恰逢公司经理来检查工作，小汽车在大门外嘀嘀叫唤，站长冲门岗喊：李四，开门！李四一溜小跑过去，慌慌张张开了半晌，硬是拉不开门拴。经理们进了屋，站长又喊：李四提水！李四提着水往屋进，却让恁低的门槛绊了一脚，暖水瓶砰一声炸了。过后站长直摇头，说：这货，这货，愣没个成色！于是改派李四去打包。

　　打包车间主任是一个叫周巴的愣汉。周巴瞅瞅李四问：你啥学毕业？李四回答：小学没上完。周巴又问：你在村里是大队会计还是小队会计？李四摇头：啥都不是。你别个钢笔烧包啥？李四红了脸，掏出钢笔，嘟囔道：俺心里说当了工人得有个样子……笔里其实没吸过水。众人哄一声笑了。周巴一把夺过钢笔，咔吧一声折为两段，从车间扔了出去，训李四：上楼踩包吧你，出什么鸟洋相。李四眼泪在眼眶里转，却不敢吭声。

　　踩包是苦工种，虚腾腾的棉花一叉一叉按进铁皮斗里，一天下来弄得腰酸腿疼，胳膊都抬不动了。一般是轮流作业，周巴却让李四硬撑着，一气干了十五天，还说让李四锻炼锻炼。结果李四胳膊都锻炼肿了，到厕所一蹲就是半天，硬是努出了便血。好心的工友劝他要求换换工种，李四不愿意讲，说：俺刚来……叫俺弄啥就弄啥。

　　旺季里加班到半夜，加班饭是到营业食堂吃一碗烩面。周巴老让李四看场，说给他端回来吃，李四只好回回吃凉面。有一次一个工人吃饭时发现碗里有根头发，大叫起来。周巴斥他：你叫啥叫啥，再换一碗这一碗给李四端回去。那个工人很难为情：这碗不卫生，咋能叫李四吃？周巴一瞪眼：管闲事恁多，他不吃你吃！周巴和公司经理沾点拐弯亲戚，平时霸道惯了，没人惹他。还是有人告诉了李四。李四气得肚子鼓鼓的，又不敢得罪周巴。李四还生怕周巴知道便讨好周巴。周巴有一辆烂摩托，李四主动承担了冲洗活计。大冷的天，李四握着水管哗哗冲车，周巴问：冷不冷？李四双手冻得通红，嘴里却说：不冷，不冷。

周巴酒性极劣，醉了逢人就骂。站里的人都躲着他。那天周巴又喝多了，碰见李四没说话就啪一声给李四一个耳光，罚李四给他买一瓶啤酒。李四捂着又热又疼的脸腮去买酒，泪水吧嗒吧嗒往下掉。打饭店出来，一个念头突然出现在李四脑子里。李四禁不住为这个想法全身战栗起来，手也抖得怎么都不听使唤，最后李四朝自己手臂狠狠咬了一口，手才停止了……

当周巴一口气喝下啤酒，拍着他的肩头夸奖他时，李四才长长松了一口气，心口仍在突突跳。

这天李四回到家，让老婆炸了一盘花生米，第一次干下八两老白干。李四醉了，却趴在桌上跟个孩子一样闷儿闷儿哭起来。老婆一脸不解。

老婆哪里知道，李四是高兴得哭了，今天他报复了周巴——周巴喝的啤酒里有一半是沟沟里的泔水。

断　槐

　　县政府大院有一株槐树，好多年了，据说是唐朝时栽的。有关部门还在周围砌了一圈砖墙，作为省级文物保护了起来。

　　县长赵大成每天来上班，从轿车里伸出腿，第一眼瞅见的就是这株槐树。他赞叹这株槐树的顽强，经历了那么多年却仍然枝繁叶茂，绿荫可人。有时他就想：自己不也是一棵槐树吗？竞争县长时，对手在他家门栓上绑了炸药威胁他，他竟拎着炸药上了人大会。当了县长，却又有人写匿名信告他，还在县政府门口贴他的大字报。后来县里主要支柱企业纺纱厂突遇火灾，当年的财政收入减少了一半……多了，太多了，人为的，自然的，一起起，一件件，数也数不清。赵大成却没有被吓倒击倒，都挺了过来，有时想一想，他都为自己当时的险境捏一把汗。谁能说他赵大成不是一个强人！一如这株唐槐，摧不倒啊。

　　这天夜里忽降大风，呜呜呜刮得房顶院子里饮料筒小板凳来回动。后来电也停了，肯定是电线让风刮断了。一直到五更天，风才渐渐息了。

　　第二天赵大成来上班，见槐树那圈砖墙外又围了一圈人。赵大成走过去，众人赶紧让开。赵大成走近一看，傻了：槐树竟然折了，枝丫拖着，那截断头歪在砖墙上还磕碎了几块砖。这时赵大成看见政协的蔡科长正盯着自己，仿佛有话要说。赵大成冲他招招手，就往办公室去。

　　蔡科长跟了进来，还回头掩上了门。赵大成扔给蔡科长一支烟，问："看出了啥门道？"

　　蔡科长钻研《易经》多年，是本县"易经"学会会长，肚子里有些东西，每逢换届县里不少干部都要请他看看。这时蔡科长欲言又止，拿眼瞅着赵大成："赵县长……"

赵大成急了，斥他："有话快说！"

蔡科长小心翼翼地说："平时我观您的卦相，与这棵槐树极相似，刚正不阿，前程无量，谁知却遭此大难，风吹腰折——"

赵大成一听，脸霎时白了。难道这棵槐树就是自己吗？自己的仕途中埋藏着怎样的凶险呢？或是自己的身体，要不有横祸飞来？他越想越怕，身子不由打了个冷战。蔡科长什么时候走了，他也不知道。秘书来通知他去开会，说人都在大礼堂等着呢，他却六神无主，摆摆手，让秘书通知主管副县长主持会议吧。赵大成的身子一个劲儿发冷，后来硬是坚持不住了，就让司机送他回家。

一进家门，他就倒在床上。

县长病了，这一病竟是半月未出门。

县里的名医都来了，却查不出啥病。赵大成就是无神，身子发冷，睡觉说梦话，厌食。吃了不少好药，根本不见效。县医院几位名医会诊了一下，决定给赵大成做个全面检查。还对赵大成说：县医院刚花 300 万进了一套 CT 机器，啥病都能查出来……去检查那天，赵大成哆嗦着高低不进 CT 室，一家人好说歹说才把他搀进去，赵大成竟紧张得昏了过去。

这事传出去，就成了县里的笑柄。适逢人大会召开，赵大成的形象因此大大受损，被选了下来，换届落选了。

新县长原是县里分管工业的副县长，上任当天晚上，就把蔡科长召到自己家里，夸蔡科长这一箭射得准，并说过一段就让蔡科长到某局任局长。蔡科长便低低地笑，半出声半不出声，笑得新县长身上直抽冷子。

先发制人

那条胡同太长了，而且没有路灯。

凌晨两点，我和两个女同事从报社值班回来。到胡同口，我从一个同事的车上跳下来，两个女同事问要不要送我一程，我笑了：一个大老爷们，叫你俩给我当保镖，明天传到报社，大家还不笑得在地上打滚。两个女同事摁一下电动车的小喇叭去了。

一踏进那片黑暗，我的身上马上出了一层鸡皮疙瘩。步子走得踢踢踏踏，很有些虚张声势。突然，前面也踢踢踏踏过来一个黑影。我的汗毛仿佛立了起来，前几天，就在前几天，家属院一个女同志在这里被一根铁棍砸晕，包被抢了去。我的脚步迟疑起来，两只拳头攥得紧绷绷的，与黑影擦肩而过的时候，心快跳到嗓子眼了。好，好，没有一根棍子砸过来，我仿佛死里逃生一样，疾步往家赶。那个黑影也匆匆而去。突然，我又收住了脚步。前面一片黑暗，长长的胡同，凶险无限，会不会还有一个埋伏在前面，给我来个前后夹击。不行，与其中埋伏，还不如现在就转回身，冲到胡同口，那里灯光闪烁，行人不断。我一回头，见那个黑影也收住了脚步。妈的，真是前后夹击。这时我的脚碰到了一块砖头，一弯腰，我把砖头攥到了手中，丁点犹豫都没有，转身朝黑影而去。

黑影也朝我而来。我屏住了呼吸，气沉丹田，准备出击。我甚至想起了刚看过的电视剧《亮剑》里面主角李云龙的一句话：狭路相逢，勇者胜。先制服这一个再说。在和黑影交臂而过的时候，我突然抡起了手中的半截砖头，朝黑影劈面砸去。谁知黑影在我举手的同时，也举起了手中的砖头。我们两人一起倒在地上，失去了知觉。

在医院铺了白单子的病床上，我和黑影头上都缠满了纱布，好像刚从战场上拼完刺刀回来。我说：操，你那一砖拍得真准呀！

黑影笑了：你也不简单呀，我缝了七针。

闻讯而来的警察口供录了一半不录了，一把撕了，说：这事你们自己商量着解决吧。我和黑影冲警察直抱拳：放心，我们上下楼做邻居做了八年，没红过一次脸，这事还不好解决？